MW00895582

Cuentos de Taita y Vejigo

José Vilahomat
con la colaboración de
José Miguel Vilahomat

www.versalbooks.com

Editors: Priscilla Colón and Manuel Alemán
Cover: Raquel Díaz
Illustrations: Priscilla Colón
Designer: David Oliva

Published in the United States by Versal Books.
Versal Books is a division of Versal Editorial Group, Inc.

Versal Editorial Group, Inc.
10 High Street
Andover, MA 01810
U.S.A.

Library of Congress Catalog Card N° 2004024951
ISBN 1-58018-012-4
First Edition

Printed in Canada
10 9 8 7 6 5 4 3 2 1

A Nelsa María Vilahomat,
autora sentimental e insistente
promotora de esta idea.

A José Miguel Vilahomat,
el Vejigo de estos cuentos.

Índice

Amigo lector:

Estos relatos nacieron de la urgencia de un padre por comunicarse con su hijo. La distancia puede ser un enemigo que corroe, pero puede también ser un tamiz esencial para filtrar errores que el carácter no ha pulido. Mediante cuentos, anécdotas y versos logré transmitir valores y principios a un hijo lejano que de otra manera hubiera sido casi imposible fijarlos en la memoria. El amor a la naturaleza que nos ha dado sustento por tantos siglos, el respeto a la vida que en ella crece y la cual entra en interacción con nosotros, a veces de manera impredecible, son algunos de los elementos de esa escala de valores que aquí se reflejan. Pero lo más importante es la dimensión humana que quise depositar en ellos: el amor de un nieto y un abuelo; la admiración al esfuerzo y al cariño; el paso de los hábitos y principios que sustentan una familia de generación en generación; la posibilidad de desarrollar la inteligencia más allá de los recursos con que contemos, mediante la simple observación y análisis de las cosas que nos rodean, y a través del diálogo equitativo y respetuoso.

Este conjunto que hoy le comparto es una selección de los cuentos y relatos que conformaron la mencionada comunicación, sostenida durante seis largos años. Algunos de ellos los envié a mi hijo sin un final, para que él los terminara. Y así sucedió. Surgió, como fruto, la respuesta de un niño de siete a once años, cuyas versiones aquí incluyo en alguna medida.

Hay en este conjunto algunos elementos autobiográficos. Las cosas que uno vive intensamente, u observa con asombro, se van quedando en la memoria como cuentecillos que uno se hace a sí mismo, toman forma de narración. Todos partimos de una memoria pasada para poder avanzar un trecho más en la misma dirección. De hecho, creo que es nuestra responsabilidad civil esa labor de continuidad. Están aquí levitando en concierto las montañas de Sierra Alta, los hermosos ríos que observé y viví desde la casa de los ancestros directos e indirectos, los cuentos que les escuché a los tíos, abuelos y padres en las profundas noches de los campos. Intento sumarme al empeño de construir un perfil mitológico para esos entornos, sólo como un aprendiz.

Si alguna originalidad encuentra en estos relatos, si aporta mínimamente a su disfrute y desarrolla su capacidad para la lengua, o si al menos le deja una memoria de algo a lo cual se recurre de cuando en cuando para refugiarse en momentos de asedio, estoy satisfecho.

Le reitero que el aliento de estas páginas fue la correspondencia con el ser querido, con quien hoy comparto estas escrituras, a través de esa fuerza infinita que es el arte. Espero que lo disfrute y que algún día pueda yo degustar la lectura de sus propias creaciones, frescas como retoños.

"Y se abrazaron con el mismo cariño que siempre se tuvieron."
José M. Vilahomat

Boca Chita, 3 de julio de 1995

Querido Vejigo:

Sabias tus palabras de niño hombre, sabia tu elección del tema, sabia tu orientación hacia la belleza: es un lindo cuento. No le tengas miedo a las palabras nuevas; se aprenden y ya está. Me satisface que estés orientado hacia el conocimiento. Descubrirás que ésa es un arma poderosa. El humano es el más desarrollado de los animales, no por su fuerza bruta, sino por su inteligencia y organización: porque construye pinzas para agarrar como el cangrejo, autos para correr como la gacela, telescopios para ver como un águila y barcos para nadar como un delfín. También construye jaulas y escopetas para hacer daño a los animales, haciendo alarde de esa fuerza. Verdaderamente lo que deberíamos hacer es protegerlos para que no se extinguieran. Por eso, sin irnos del tema, pienso que es sabia tu vocación por el saber y el estudio; por poner esa fuerza de la inteligencia al servicio de un bien.

No te preocupes si te demoras en comprender algo. Lo importante es entenderlo profundamente alguna vez. Mucha gente finge entender todo por pena a no parecer tonta. Pero cuando preguntas a una persona de ésas lo que entendió, no sabe explicar. La razón debe ser que dijo que entendió para no sentirse abochornada, o que no entendió profundamente y ese algo salió de su memoria sin dejar huellas. No se debe pensar en "qué piensa la gente", sino vencer ese orgullo interior y dejar que las enseñanzas nos empapen con su misterio. Se debe preguntar con honestidad hasta que uno entienda. Si necesitas más explicación que los demás en algo, no importa, pues te estás desarrollando en lo más difícil para ti; ya con lo más fácil tendrás entonces los dos conocimientos. Te doy dos consejos: en la adquisición del conocimiento no puede haber pena nunca. El otro: el conocimiento es estrictamente personal; no permite fraudes ni hipocresías. Lo que no entendiste, no está en tu cabeza.

No pretendo que te leas esta carta en un día, ni que la entiendas en un mes. Tengo que irte trasmitiendo los valores que considero más útiles y positivos. Trato de poner intención y sentido a cuanto hago. Por eso te escribo los cuentos, te estimulo, porque sé que eso es gasolina para el camino.

Dile a mamá que te explique lo que no entiendas y cuando tú veas que te da una explicación "fufú", le guiñas un ojo y le dices: "Búscamela en el diccionario". También puedes utilizar otra técnica que es preguntársela a mamá, después, solito, a abuela, después a tía, a tu maestro, etc., y luego sacas tu propia conclusión. Nunca le digas al que le preguntas: "Eh, pero no sé quién me dijo que no era así…" No, sencillamente la comparas dentro de ti. Así tu opinión será la suma de muchos cerebros: casi siempre, muchos cerebros piensan más que uno.

Algunas de estas cosas las vas a entender, de otras te vas a reír y algunas van a quedar dando vueltas en tu cabeza como misterios indescifrables, pero poco a poco, andando por la vida las irás descubriendo tú mismo y entonces las entenderás. Ése es el objetivo: ponerte a pensar.

Vejigo, por razones que irás entendiendo poco a poco tuve que separarme de ti. Ciertos factores han puesto a nuestro país en una situación injusta y precaria, donde no todos cabemos. No debes hacer juicios ligeros y mucho menos odiar a tu patria. A ésa ámala que siempre irá contigo. El odio no es forma de analizar las cosas ni de mejorarlas. Algo que me preocupaba mucho era tu educación lejos de mí. Creo que las cosas van saliendo bien. Eres un hijo muy bueno. ¡Gracias! Estoy orgulloso de ti y no tengo dudas de que vas a ser un hombre de bien, un hombre útil por sus conocimientos y sus obras.

Ahora disfruta estos cuentos escritos con amor, entre el polvo y el desvelo.

Tu padre

Para el chico de la casa, de su papá:
Pórtate bien y repasa, y ya verás
cómo el éxito te abraza y la verdad.

Observa todas las cosas con atención
que en su fondo, bien dormida
está la razón.

No sigas al ligero, nunca en su acción.
Más bien sigue en tus pasos
al corazón.

Respeta al que se esfuerza con devoción,
pues en ése hay la fuerza
de la pasión.

Juega siempre aprendiendo
la solución,
pues esta vida es el juego de la razón.

La cotorrita traviesa

Una frondosa mata de mango se extendía en forma de helado hacia el cielo. El copito estaba colmado de frescos retoños. Eran como bebitos acabados de nacer. Sus ramas producían un cono verde como la menta. Cantaban en él sonoros pajaritos, todos revoloteando y vibrando con la luz del mediodía. El árbol tenía un grueso tronco lleno de callejuelas y avenidas, por el que iban y venían atareados coleópteros de alas plegadas, insectos prevenidos de la próxima tormenta y un colibrí preciso como una probeta.

En la sólida base del árbol dormía, con la cabeza apoyada en su mochila, un viejo sabio y amante de los animales que se conocía cuanto secreto escondía aquel intrincado bosque. Todos lo conocían por el nombre de Taita. Y a sus rodillas, apoyado con la cabeza llena de sueños y de palomas, dormía su querido Vejigo.

Se habían quedado dormidos después de una laboriosa faena. Toda la mañana la pasaron recogiendo del piso nidos y huevitos de pájaros que una fuerte tormenta con lluvia y viento había arrancado de los árboles. Tenían en una cesta grande, en diferentes secciones, huevos de color verde pálido, marrones con pintas negras, blanquecinos y puntiagudos, pequeñitos como caramelos, todos de diferentes aves. Había de palomas rabiches, de tomeguines, de gorriones, de cotorritas, de zunzunes y de sinsontes.

De repente, Taita se despertó un poco sobresaltado y llamó a Vejigo, sacudiéndolo: —¡Vejigo! ¡Vejigo!

El niño, entumecido y medio soñando, respondió sin mover los labios: —¿Qué, Taita, qué quieres?

Entonces Taita le recordó que todavía quedaban muchos huevos y nidos por rescatar. Cuando Vejigo escuchó la palabra "nidos", se despertó como un relámpago y ambos comenzaron a caminar por el bosque. Vejigo disfrutaba el olor a hierba del campo, la sombra de los árboles y el trino de los pájaros que siempre lo extasiaban.

Algunos de los nidos que encontraban estaban medio deshechos, otros quedaban aún colgando de un gajito. Al salir a un claro, en un alto roble, Taita vio una cotorrita que le llamó la atención. Su plumaje parecía encrespado ligeramente detrás de la cabeza. Mas al parecerle fuerte y ver que podía volar, Taita no le hizo mucho caso y se dispuso a seguir. Sin embargo, Vejigo se detuvo. Ya había aprendido con las cacerías de Taita a mirar en lo profundo del bosque, en un punto fijo, no en la superficie como mira la gente ingenua. Al mirar detalladamente a la cotorrita, Vejigo se dio cuenta de que estaba triste y se lo dijo a Taita. Ante el aviso del niño, el viejo sabio miró detenidamente y comprendió que la cotorrita estaba en problemas. Entonces, palmeándole el hombro le dijo a Vejigo: —¡Estás acabando...! Has aprendido mucho. Se ve que observas y entiendes las señas del bosque. Estás aprendiendo a mirar donde no se ve.

Vejigo, como no entendía muy bien eso de mirar donde no se ve, hizo una mueca para sí y se quedó callado. Entonces se dieron a la tarea de seguir disimuladamente los pasos de la cotorrita que saltaba de rama en rama sin irse muy lejos. Al parecer quería llamar la atención. Taita, como viejo lobo de esas tierras, fue acercándose por debajo de la rama donde ésta se hallaba, sin mirarla. Vejigo que lo seguía detrás, iba de lo más gracioso. Él pensaba que si no miraba a la cotorrita, la cotorrita no lo vería a él. Entonces, para no mirar, llevaba la cabeza tan doblada hacia abajo que casi se iba comiendo las piedras y no movía los brazos. Parecía un payaso al final de función.

Cuando llegaron a donde estaba la cotorrita, ésta levantó el vuelo y se posó en otra rama, siempre yendo en la misma dirección. Vejigo pensó: "Se nos quiere ir"; pero vio que Taita continuaba detrás de ella. Vejigo la miró disimuladamente desde su distancia, por encima del hombro de Taita, y vio que no recogía bien el ala derecha.

"Es una lástima" musitó Vejigo. "Es tan bonita. Si no nos tuviera miedo la podríamos llevar para la casa y curarla, porque seguro tiene algún dolor o alguna enfermedad".

Las plumas de la pequeña ave eran verdes, amarillas, y cerca del buche se transformaban en un azul tornasolado de bellas iridiscencias. ¡Estaba preciosa! Vejigo seguía mirando hacia abajo mientras pensaba todas estas cosas. Cada vez que daba un paso, decenas de lagartijas corrían dispersas, huyendo de sus pies que hacían crujir las hojas secas. Algo sacó al pequeño cazador de su entusiasmada y profunda imaginación. Levantó la cabeza y observó entre ramas el aleteo intenso de la cotorrita, como si estuviera desorientada. Luego ésta elevó el vuelo. De modo que Vejigo le dijo a Taita: —¡Qué va, Taita, esa cotorra o está jugando con nosotros o nos está huyendo; olvídate de ella y mejor vamos a recoger más huevos!

Taita se paró en el camino y se viró lentamente hacia Vejigo. Lo miró fijamente a los ojos y tratando de entender, entre el aburrimiento del muchacho y su experiencia del bosque, le dijo: —Vejigo, esa cotorra, como tú le dices porque estás enfadado con ella, nos quiere llevar a algún sitio.

Entonces Vejigo, interesado le preguntó: —¿Por qué dices eso?

—Mira, hijo, si nos estuviera huyendo ya hubiera volado lejos, pues las cotorras vuelan mucho y muy alto. No son como los arrieros, por ejemplo, que te llevan de rama en rama.

Entonces Vejigo, que era un niño muy despierto, le dijo a Taita: —Sí, pero… ¿Y si está enferma y no puede volar tanto? ¿Si tiene un ala quebrada…?

Taita se quedó pensando y le dijo: —Es verdad, en parte tu pensamiento es válido, pero si estuviera enferma no nos tuviera caminando todo el bosque, ni volara con fuerza, sino que estuviera como tú cuando tienes sueño y estás en la calle, que no te importa nada y no quieres caminar. ¿Me entiendes?

—¡Creo que sí, Taita! —asintió Vejigo.

La cotorrita los iba guiando de árbol en árbol. La habían perseguido ya a través de robles, tamarindos, algarrobos y unas tupidas malezas. Ahora se detenía en unos altos caimitos floridos que parecían verdaderos gemelos al inicio de una pendiente. Los caimitos tenían la corteza roja y unas frondas con excesivas hojas alternas, que exhibían simétricas flores blancas y algún que otro fruto. Todo ese concierto de colores era un perfecto trasfondo a los verdeazules del ave.

El camino para llegar a la rama donde se encontraba ahora la cotorrita, a la que ya Vejigo le había puesto el nombre de Traviesa, estaba escabroso y difícil de transitar. Comenzaba a bajar y tenía muchas piedras.

Entonces Taita se detuvo y le dijo a Vejigo: —Parece que nos acercamos a un río, amigo. Así que prepárate.

Taita regresó unos metros a depositar la cesta al pie de uno de los caimitos. La protegió bien y le colocó una pesada piedra encima. Siguieron a Traviesa y la oyeron agitarse en múltiples gorjeos: "*Ogrr, ogrr, oooorrrg*". Se desesperaba, haciendo círculos intranquilos en la rama, que terminaban con una patita al aire. Sus gestos indicaban que había sido una cotorra doméstica en el pasado. Al menos así lo interpretó Taita.

El bosque parecía haberse suspendido. Había hecho un paréntesis para dar paso a esas venas que lo alimentan y que son los ríos; esperanza de todo animal que vive de sus aguas frescas y de toda su rica flora y fauna. En el medio del río que apareció ante los ojos de Vejigo y de Taita se hallaban, en una tablita en el medio de las aguas turbulentas, dos pichones, dos pichones aún emplumando, dos pichones de cotorra.

Traviesa levantó el vuelo. Fue hasta la tablita, y con mucho esfuerzo trataba de mantenerse volando encima de los pichones que piaban en una danza oscilante. Cuando el cansancio vencía su aleteo irregular, volvía a las ramas en las proximidades de los humanos. Una vez en la rama, repetía el rito de auxilio aprendido alguna vez para llamar la atención, quizás reforzado por el gesto alegre de quien la observaba entonces, o por la migaja de pan que se le daba después de aquel *show*. Fuera de una manera u otra, lo cierto es que comenzaba a hacer círculos que se combinaban con la patita derecha levantada y que seguían en más y más círculos, como si estuviera enloqueciendo de tristeza y desespero. Su gorjeo también se hacía un reclamo mucho más obvio e insistente: "*Ogrrrr, ooooorrrg, ooooiiirrggr, ooooorrrg…*"

No cabía duda de que Traviesa quería comunicarse con Taita y Vejigo. Trataba de hacer una conexión entre ellos y los pichones porque veía en los dos humanos la salvación de su cría.

El río tenía un poco de corriente y la tabla estaba sujetada por unos largos y finos bejucos que se le habían enredado. Si no fuera por eso, la corriente se la habría llevado con los pichoncitos encima y los hubiera ahogado en las cascadas arremolinadas que se precipitaban varios metros delante.

Taita miró a Vejigo, le puso la mano en el hombro como cuando uno delega una tarea difícil, y le dijo: —Ésta te toca a ti. ¿Te atreves a ir al rescate de los dos pichones?

Vejigo, al ver que era él el que tenía que tirarse al río, se sobrecogió un poco, pero después se llenó de valor y se decidió a hacerlo porque él nadaba muy bien. De todos modos quería saber por qué Taita le había dejado esa difícil tarea. Pero Taita, que lo conocía, no le dio tiempo a preguntar.

—Si me tiro yo, Vejigo, corremos el riesgo de que las olas que yo cause al tirarme liberen la tablita y todo se pierda; además, es más fácil que yo te sujete a ti desde la orilla, a que tú me sujetes a mí. Como tú pesas poco, no habrá problemas.

Vejigo quedó convencido. Taita abrió su mochila, donde tenía de todo lo necesario para las faenas del bosque, y sacó una soga con un cinturón. Le amarró el cinturón a Vejigo a la cintura, amarró la soga al cinturón y le dijo a Vejigo:
—Con esto estás a salvo, pues si la corriente te arrastra mucho, yo te halo con la soga.

Ya Vejigo se sentía más confiado. Él sabía que Taita no iba a permitir que le pasara nada, aunque la tarea estaba harto difícil. El cinturón abrazaba su delgada cintura sin quedar demasiado ajustado. Vejigo fue acercando sus pies descalzos a la roca cercana del río y observó cómo el agua acumulaba una raya de espuma frente a él, producto de la contracorriente. Pensó en los pichoncitos, miró a Taita para buscar aprobación y cerrando los ojos, dejó que el impulso decidiera su destino.

El agua estaba un poco fría. Sintió deseos de mirar al fondo, de tocarlo con los pies, llevado por cierto miedo. Pero pensó en Taita y en los pichones en apuro una vez más, y entonces se concentró en su misión. En cuanto empezó a nadar se le quitó el frío. Traviesa iba sobrevolando encima de él, en dirección a donde estaban los pichones. Vejigo se iba acercando suavemente a la tablita y los pichoncitos comenzaron a piar desesperados, haciendo un intento por acercarse a su mano más cercana en busca de comida.

Le era sumamente difícil a Vejigo poder mantener el equilibrio entre la soga que lo sostenía y la corriente que lo empujaba hacia la tablita. Se mantenía con los dos pies y con la mano que le quedaba libre. También lo ayudaba Taita desde la orilla regulando la soga. En un decidido intento por llegar a los pichones, Vejigo, con el brazo izquierdo estirado, le dio a la otra mano mientras Taita le iba dando soga, pero la ola que produjo el avance de su pecho soltó la madera que había estado ligeramente trabada por las lianas del río. Entonces la madera comenzó a deslizarse con la corriente, ganando velocidad como si el agua hubiera estado esperando ese momento que ya se le debía, como si al agua le molestara que se burlaran de su fuerza ininterrumpida. Los pichoncitos, con frío de tanta humedad acumulada, cerraban sus ojos con un celofán de miedo, resignándose al dolor y a la inminente catástrofe.

Vejigo le cayó atrás a la tabla, haciendo un esfuerzo contra la soga. Pero la tabla iba más rápido que él, acelerándose con la bajada de cada cresta. Taita no liberaba la soga a la velocidad necesaria para ganar la tabla que era arrastrada en una caída de agua más veloz mientras más se acercaba al salto. Taita, preocupado por el tramo de soga que le quedaba y por la presión que le hacía Vejigo, le dijo que la dejara, que la corriente se lo iba a llevar a él también.

Las márgenes del río exhibían frondas que se acercaban por encima construyendo casi un arco. Eran bosques primarios de árboles tan antiguos como el río. El cielo azul dejaba atravesarse por cúmulos discretos y veloces. Vejigo se sintió invadido de angustia, de terror congelante, de fuerza, de una decisión que no podía esperar y que le llegaba desde la sangre. Sin medir consecuencias, sin calcular la proporción entre sus fuerzas y el tramo de agua viva que debía salvar antes de llegar a los agonizantes pichones, Vejigo se zafó el cinturón. El trozo de faja danzaba ahora libremente al son de la corriente.

Taita, sin poder evitarlo, le gritó a Vejigo:

—¡Nooooooo, Vejigo, no hagas eso!

Un escalofrío recorrió al viejo desde el mismo metatarso de los pies, pasando por el tuétano de los huesos, atravesándole el fémur y terminando por erizarle el pecho y la corona de la cabeza. Su adorado nieto, su nieto asmático, vivaz, juguetón y cariñoso, nadaba desaforado detrás de unos pichones de cotorra que se apresuraban a despeñarse por un salto de agua del alto de una palma real.

El grito del viejo fue a perderse en las riveras como un diapasón que movilizara las miradas de las aves. Vejigo no hizo caso alguno, imitando la determinación que había observado del viejo, y confiado en lo bien que nadaba, sin pensar en lo fuerte y peligrosa de la corriente del río, comenzó a bracear duro hacia la madera que se dirigía a la cascada. La tablita de salvación de los dos pobres pichones parecía llamada por un vacío sin fondo. Taita los iba siguiendo a todos por la orilla, desesperado, ya dispuesto a enlazar un brazo del niño que le diera tiro.

Vejigo nadó duro, rajándose el pecho en dos por la fuerza y lanzando los brazos como mangueras que luego se recogerían. Sus brazadas creaban remolinos que halaban el agua hacia atrás. Esto compensaba un poco la fuerza de la corriente, retardando imperceptiblemente la velocidad de la tablita. Cuando una turbulencia, causada por toda el agua confundida, le dificultó la respiración formándole espumas en la cara, justo en ese momento alcanzó la madera con los pichones arriba. La alcanzó con la mano izquierda y la sujetaba sin detenerla bruscamente. Aguantar la tabla contra tanta inercia de agua hubiera causado una inundación en su superficie que habría terminado por arrastrar a los pichones, llevándolos fuera de la tabla. Ahora la corriente los arrastraba a todos, a Vejigo, a la tabla y a los pichones.

Taita le gritó a Vejigo con todas las fuerzas que tenía: —¡Nada hacia la orilla con la corriente, Vejigo! ¡*Pa'cá, pa'cá*! —le indicaba Taita quien se había adelantado—. ¡Suelta esos pichones, muchacho! ¡Te me vas a ahogaaaar! —al abuelo casi se le rajaba la voz.

Vejigo usaba sus patas esparramadas como una rana y su brazo libre para acercarse a Taita. La tablita iba delante de él, aguantada con la otra mano y protegida del torrente de agua por su cuerpo. Las aguas parecían reunirse todas en una especie de canal que pasaba exactamente por donde iban Vejigo y los pichones. La espuma, la turbulencia, la presión y el agua que le salpicaba en la cara, ya no le daban tregua a su respiración entrecortada. Un dolor en el pecho y un ardor en la vejiga le avisaban de la falta de aire. Vejigo sufría mirando a los pichoncitos, sentía valor mirando el torrente que se los llevaba, y masticaba un miedo metálico ante la idea del precipicio.

Los pichoncitos de Traviesa querían olvidar, cerrando los ojos, pero el miedo los hacía volver a abrirlos. Traviesa parecía una abeja sin colmena por todos los rincones del río, sin nunca llegar a la altura del salto para no horrorizarse con la terrible idea…

Vejigo se estaba acercando a la orilla pero también se estaba acercando peligrosamente al salto. A unos dos metros de la orilla, donde la corriente había cedido a la escasa profundidad, Vejigo llegaba a la altura del salto. El agua se doblaba en una cinta transparente, en una lupa plana que aumentaba el tamaño de los objetos del fondo. Ahí estaban Vejigo, la tabla, los congelados y hambrientos pichoncitos de Traviesa y el salto, como una ecuación sin solución.

Vejigo se agarró fuertemente de un bejuco que le rozó el brazo. Atrapó aquel pedazo de material con todas sus fuerzas, pero así mismo se le fue resbalando por la mano su superficie legamosa. Vejigo iba a caer al salto. Era inminente. Sus pupilas se dilataban tratando de ver una continuidad al río y no ese horizonte que estaba inmediatamente delante de él y que lo conectaba con el abismo que no veía. Sentía en sus extremidades la presión de aguas diferentes. Había perdido casi el sentido de dirección.

Vejigo intentó un infructuoso giro para ponerse él por delante y proteger a los pichones en la madera que aún sujetaba con su mano izquierda. Al patear con todas sus fuerzas con el pie izquierdo hacia la superficie y enterrar en lo más profundo del agua su pie derecho, éste se metió dentro de otra larga hebra de lianas y su pie quedó atrapado cerca del fondo. El tirón ocasionado por la liana, en contra de la corriente, hizo que Vejigo girara en la dirección contraria, dejando el brazo derecho fuera del agua por un instante.

Algo le enredó el brazo. Vejigo sintió una mordida que le trozaba la piel justo antes del codo. Trataba de expulsar con su tos el último buche de agua que le llegaba más allá de los pulmones. Se sentía caer a cien kilómetros por hora hacia un vacío húmedo. Entonces su instinto le dio por asirse con todas sus fuerzas a la tablita que aún conservaba. Pensaba en la vida de los lindos pichones de cotorra, los hijos de la Traviesa. Sus dedos mordían la punta de madera con precisión de tenaza, para salvar la vida de las dos criaturas más necesitadas de aquel bosque.

Vejigo sintió que le tiraban del brazo, que le arrancaban el codo. Cuando logró mirar fuera del agua, enfocó su pie izquierdo en el vacío, y abajo, en una profundidad de aire, el agua que se despeñaba contra un círculo de espumas. Sólo se vio un pie y al lado vio a los dos pichones en el borde de una tabla inclinada que sujetaba en su mano izquierda.

Vejigo había quedado suspendido por el lazo de Taita y las lianas del río. Taita se había preparado a tiempo. Había pasado la soga por una rama que quedaba exactamente arriba del salto, y con el resto de la soga que bajaba de la rama había hecho el lazo. Ahí quedó Vejigo, colgando del brazo derecho trozado por la soga, sujetado de un bejuco por el pie y con el precipicio de agua derramándose debajo de él. La tabla con los pichones de la cotorrita se sostenía triunfante, como si Vejigo fuera un camarero que hubiera vencido las triquiñuelas de una cáscara de plátano. Ahora se balanceaba enfrente del torrente de agua que se partía en un estanque circular a veinte metros de él, pero que ya no era peligroso. Vejigo miraba a Taita con ojos interrogantes, mientras recuperaba su respiración.

Traviesa sintió que lo malo había pasado. Se posó en la tablita y dándole de comer a sus hijitos les dijo: "*Ogrr, pampalacotorrita, pampalacotorrita*".

Taita, mirando aquel escenario de felicidad recién conquistada, no quería ni abrir la boca. Aún se sobreponía del susto. Incluso se había dispuesto a tirarse para atrapar a Vejigo si éste se hubiera caído.

El valiente Vejigo rompió su resistencia de hombre y le gritó a su abuelo para que pusiera fin a esa pesadilla: —¡Taitaaaaa! ¡Sácame de aquíííííí!

Traviesa se asustó del grito y fue a parar a la rama junto a la soga. Taita haló hacia la orilla el tramo de soga que tenía sostenido, arrastrando a Vejigo y a las lianas de sus pies. Agarró a Vejigo por el brazo, lo cargó y abrazándolo fuertemente le dijo: —¡Eres muy valiente, muchacho, pero esta vez me asustaste de verdad! ¿Te duele el brazo?

—No. Sólo tengo una pequeña rozadura encima de este huesito —y señaló el hueso del codo donde se trabó el lazo.

Taita recogió todas las sogas, desenredó al niño, y pichones en mano volvieron río arriba hacia donde estaba la cesta con el resto de las recolecciones del día. La cesta estaba tapada, reposando al pie del caimito. Taita tomó a los pichones de Traviesa con cuidado y los colocó en la cesta con compartimentos. Los cubrió con un trozo de tela y se quedaron tranquilitos, como dormidos. En la cesta también había huevos de palomas rabiches, de tomeguines, de gorriones, de cotorritas, de zunzunes y de sinsontes, dos de gallinuela y ahora los pichoncitos de Traviesa sanos y salvos. Se los llevaron a todos para la casa y Traviesa los siguió por el camino.

Al llegar a la casa, Taita puso los huevos en la incubadora. Marcó el tiempo que demora cada ave en empollar y los colocó en diferentes gavetas. Así evitaba que se confundiera el tiempo de incubación de cada especie. La tarea de Vejigo era dar vueltas a los huevos diariamente y revisar el agua de la incubadora, para mantener la humedad y que éstos no se cuartearan. También debía alimentar a los pichoncitos de Traviesa y velar porque Traviesa no se lastimara el ala mientras la tuviera entisada.

Después de muchos días de rotar los huevitos en la incubadora, de mirarlos con un cono de papel a contra luz para garantizar que sus pichoncitos estuvieran bien dentro del cascarón y de alimentarlos una vez nacidos, todas las aves vieron la luz y el patio de la casa.

Llegó entonces el momento de ponerlos en libertad. Vejigo tuvo que hacer esto no sin cierto sentimiento de tristeza. No quería despedirse de sus compañeritos de muchos días y faenas. Entonces una mañana, los soltó a todos de un tirón. Abrió las jaulas en que estaban y salieron piando, cantando, cacareando, gorjeando, aleteando…

La sorpresa de Vejigo y Taita fue que ninguno de los pichones abandonó los alrededores de la casa. Todos se quedaron en los árboles cercanos. Eso sí, cada ave tenía su árbol preferido. Los tomeguines habían elegido los dos naranjos en flor al frente de la casa. Las hijas de Traviesa, Coti y Plumita, eligieron el alto algarrobo, desde donde avisaban a todos cuando venía visita. Los carpinteros se fueron hacia las palmas y la ceiba que estaban al inicio del camino. En la ceiba también se hospedaban las palomas rabiches. Y aunque todos tenían sus casitas fuertes y seguras, nunca dejaban de bajar a comer granos y frutas alrededor de la casa, donde Traviesa tenía su mansión.

Sopla, viento, sopla
que a esta hora estoy solo
y nadie toca.

La tormenta

En la parte noreste de la tormenta tiene lugar el rabo de nube. Muchos remolinillos se van uniendo hasta formar la ávida trompa succionante, la escalofriante manguera de la muerte, el túnel por donde pasamos al recuerdo de los otros.

Taita me dice que los rabos de nube son lindos, pero impresionantes, y que muchos científicos y gente de bien los han estudiado, metiéndose dentro de ellos y grabando los recorridos y velocidades de los vientos. Yo hallo en estos días un rumor antiguo que me lleva a compartir la tristeza del aire, la dolorosa furia de las nubes.

Se me hace extraña esa oscuridad fuera de hora a la que no estamos acostumbrados, el refrescante olor a agua y tierra del viento que te bate como arrancándote a jugar con él.

Estos días me invitan a volar igual que los pájaros, a entrar en la tormenta y a huir después; sólo que posterior a ese deseo de huir, me acuerdo que está la casa fuerte y protectora, mamá con sus sábanas calientes, mis hábitos de niño antojadizo.

Entonces salgo a sentirme como una palma desmelenada; detrás de mí corre Choqui en remolinos. Me siento libre, transportado a otro tiempo. Choqui me cruza por debajo de las piernas. Se aleja y se acerca, quedándose en guardia, como esperando que juegue con él.

Comienzan a estrellarse las gotas lanzadas sin

compasión contra la tierra; los goterones del trópico, que después que caen van creciendo en la tierra seca hasta hacerse inmensos pezones de toronjas. Sueño con el ilusionante aguacero. La zona de relámpagos se acerca como una luminaria entre desmayos. Me acuerdo de la tormenta que elevó a Ricardito hasta la altura de la cerca el año pasado. Nadie lo creía…

La tormenta lo ha cubierto todo y siento en mí ese cambio que le produce la cerveza a Taita en las fiestas. Primero actuamos eufóricos: la oscuridad de la tarde joven, el frío colándose por las paredes de nuestra nariz, los pulmones hinchándose de aire, el instinto a correr como las aves, son mensajes indiscutibles, llegados desde otro orden. Luego el aire arrecia y experimentamos una especie de risa nerviosa. Observamos a la viejita de la calle que se siente detenida por el fuerte viento que desordena su pelo e inclina su cuerpo. Una hoja es arrancada súbitamente de su quietud. Se dispara en remolino hacia las alturas. Se pierde allá arriba, enseñando bordes imprevisibles. El aire troza maderas en algún sitio. Los silbidos se convierten en viento frío. Entonces nos sobrecoge un miedo solemne, casi filosófico. Queremos compañía. Y vadeando a Kelly, que se escondió detrás de la puerta con su rabo entre las patas, entro a la casa para sentirme seguro.

Ahora, la inconmensurable fuerza de la naturaleza nos hace dudar. La luz de la sala parpadea. Mientras yo miro por la ventana la tormenta, Choqui ha dejado sus últimos ladridos entre los polvos voladores y ha corrido a su caseta. Suena un portazo violento desde una esquina de la cuadra.

Primero, observé en cámara lenta los humos juguetones, intentando congregarse en contra de los recuerdos. Bajan, suben, se difuminan algunas porciones no de acuerdo en la intentona; pero al final ahí está el tornado. Lo veo tímido e ingenuo, lleno de grises nobles. Es un juego de levitaciones, una proposición de danzas peligrosas, una transparente trompa de elefante succionándolo todo. Allá arriba se ven escupidas las hojas en lo último del cielo, ya vencidas por el juego.

Choqui, en su reducto, ha dejado de ladrar; de la euforia pasa al paroxismo, ahora al ataque de pánico. Un intenso temblor le debe estar recorriendo todos los huesos de su esqueleto. Algo sabrá él que observa los secretos más de cerca, que contempla las noches sigilosas colándose entre los vivos.

La tormenta es ahora el negro incontrolable. Somos el remolino mismo. Las nubes están más cerca que nunca. Es como si vinieran a buscarnos para llevarnos al cielo, o como si ya estuviéramos en el cielo. ¡Mamá me hala de la ventana! Me habla, me dice, pero yo no escucho, algo debe pasar… Siento el turbio caracol de muerte tratando de arrancarme del mismo suelo que me vio nacer.

"¿A dónde, a dónde me piensas llevar? ¿Qué intentas arrancarnos?"

El fluido eléctrico ha cesado. Las inmensas gotas de nubes tenebrosas rompen contra la ventana. Estamos a la deriva. Ya no dependemos de nosotros. Me pregunto en manos de quién está nuestra protección: ¿en los encargados de restablecer la energía, en Taita que ha salido lejos…?

El rabo de nube ha transcurrido, como todo. Puedo ver que los árboles han recuperado su imperio con poco menoscabo. El día está recién lavado. Casi todo ya está en orden.

Hay pocos indicios perdurables de la vehemencia de estos mismos vientos que ahora me susurran: un trozo de madera petrificado en una tapia, la puerta del patio derribada pero presente y Choqui, colgado de los alambres de la cerca, con el brilloso pelo de manto negro derramado y una sonrisa exagerada que confundo con las fuerzas del tornado…

La hierba que conversa

Taita se despedía de las últimas sombras que la luz amarillenta de la casa producía bajo sus pies. Al avanzar su cuerpo hacia la puerta, la sombra se iba quedando atrás como si se negara a salir de la casa a esa hora de la noche. Vejigo casi no lo vio salir, pero sintió que la atmósfera era mucho más fría cuando Taita partió. La puerta fue el último testigo de las espaldas del viejo lobo y de sus hombros caídos por el peso de la preocupación. ¿Adónde se dirigía? ¿Qué podría ir a buscar Taita si Vejigo estaba enfermo y quedaba sólo con mamá en la guarida?

Jíbaro, nuestro excelente perro cazador, hijo de Choqui y Kelly, miraba a Vejigo con una leve inclinación de su cabeza, como queriendo comprender, o quizás como diciéndole: "No te preocupes, ya sabes que Taita lo resuelve todo". En la cocina se sentían los calderos y las sandalias de mamá, marcadas por un paso de apuro seco y atareo vadeado por pensamientos inoportunos. Por la ventana, Vejigo veía la sartén *virá'* que Taita le había enseñado a formar con las estrellas, y por la que había que esperar hasta junio a esa hora de la noche.

"Tengo mareo, me duele mucho la espalda y las costillas…" se quejaba Vejigo. "¿Qué es esto, mi madrecita? La cabeza que me quiere reventar". Todo daba vueltas alrededor y un miedo extraño le recorría las piernas. Ya casi temblaba. "Tengo mucho miedo de morir y de cerrar los ojos" pensaba Vejigo. "Taita dice que morir es cerrar los ojos y no sentir la piel ni el ardor del aire en el esófago. Por eso yo no quiero cerrar los ojos y cuento las veces que respiro, y cuando se me olvida me desespero por contar todas las veces que salté. En cambio, cuando miro las estrellas por la ventana cuadrada que interrumpe las tablas de palma, siento que nadie muere nunca, que las estrellas me vigilan y que lo saben todo, y les hablo a veces para que guarden el secreto. Yo le hablo a aquella que parece una pedrada de tirapiedra en un cristal, con su centro fijo y las irradiaciones constantes. Porque la que está al lado parece un par de aretes que parpadean y no presta atención. Hay estrellas locas como niños. Cuando estoy enfermo prefiero las estrellas que son como mamá".

"Mamá estaba preocupada y eso no es bueno. Nunca la había visto tan asustada. ¿Qué será? ¿Por qué se oculta a veces y se siente un silencio estático comprimiendo la casa hasta que comienza a cantar o a hacer ruidos seguidos, como adrede? ¿Por qué hace tan a menudo ese gesto de desespero que termina en aliento lento cuando habla con otros, justo antes de alejarse a continuar sus tareas? Yo no quiero estar enfermo. ¡Me siento mal! ¡Me duelen las costillas por dentro! Y eso que dice Taita que tengo costillas de gato."

—¡Mami, tráeme una colcha que tengo frío!

—¡Ya voy! Pero déjate de majaderías que estoy trabajando.

—Mami, quiero agua. Mami…

El campo estaba frío y oscuro. Para ahorrar tiempo, el viejo había bajado a las márgenes del río por la parte de atrás de la casa. El camino anguloso y pulido por donde baja la pipa que arrastra la yunta de bueyes hubiera sido mucho más seguro. Los bueyes y la cuña lo han ido puliendo con los años. Y aunque a veces tiene tramos abruptos, donde no caben los dos pies a la vez, es generalmente limpio y termina en las arenas del río en la parte ancha. De todos modos, el viejo se conocía los terrenos como la palma de su mano. Cuando entró en la pendiente húmeda, casi cerrada por la manigua, lo saludó la lechuza que siempre vivía cerca de la casa de tabaco. La lechuza lanza un graznido estridente que parte la complicidad de la noche en dos. Es la entrada al camino, pero es también la entrada a un mundo fantástico de sombras, texturas y humedades que caen con la noche y con el pensamiento propio de la oscuridad; porque la oscuridad piensa.

Taita nunca tuvo miedo porque sus ojos no se movían rápido. Se separó del camino y entró a la izquierda, donde la tierra es firme y el tamaño de los árboles crece, cerca de la rivera oeste del río en dirección contraria al manantial. Se detuvo un momento como reuniendo todo lo que necesitaba para recordar algo que hace muchos años no hacía. Fue vadeando los cantos resbalosos y buscando apoyo en las raíces firmes. El quebrarse de las aguas le traía una música agradable y fría. Taita llegó al corazón del bosque donde nunca iba nadie, donde los gallitos de colores caen del vuelo cuando se fajan, donde los niños no suben por miedo a las serpientes y por miedo al güije que se tragó enterito el cráneo del hijo de Juan el zurdo, Rafaelito. Son ésos los espacios que nos acompañan toda la vida cuando estamos solos, aunque nunca los hayamos conocido bien.

A unos treinta metros arriba de donde se lavan las ropas contra la piedra mojada, y a unos sesenta metros al oeste del brocal del manantial estaba la piedra ancha. Era un círculo perfectamente redondo que nadie sabía cómo había llegado a ese lugar. La parte norte de la piedra, la que se quería esconder en la tierra, había desarrollado una rara ecología. La cubría un musgo verdoso de brillos espumosos. Tenía patrones estrellados. Había setas en forma de narigones y consistencia de masa de melón oscura, palmitas diminutas que dejaban callecillas al agua minúscula que las nutría. Más arriba, en tierras más profundas se veían bejuquillos de troncos hexagonales y hongos anchísimos que parecían playas miradas desde aviones. Taita estaba muy cerca de lo que buscaba. De pronto, sintió el fuetazo de un gajo al ceder a algo que se movía con rapidez. Pensó en Vejigo, en la casa, en la madre de Vejigo agujereada hasta los pies por el miedo a un desastre, a una fatalidad…

Vejigo tosía ya con vibración de todo su cuerpo, con tos de perro que desgarraba su esófago juvenil e intranquilo, que removía sus columnas costales en terremoto. El tierno tubo del pecho era un ciervo palpitante. Estaba en ese estado subliminal donde se necesitan todos los recursos de la vida, todas las fuerzas internas escondidas entre mañanas de juegos bajo la casa, almacenadas en la alegría del campo con Taita y en la promesa del futuro de animales y familia: porque nada alimenta más que la ensoñación del futuro.

—¡Déjate ya las uñas! —le gritó la madre en pánico a la vez que lo miraba con seriedad como preguntándole: "¿Verdad que no las tienes azules? ¿Verdad que no vas a dejar de respirar esta vez que estamos solos? ¿Verdad que todo tu cuerpo no va a seguir a las uñas en esa antojada rima de colores de muerte como nos hiciste hace dos años?"

"No importa, no importa que no hables, mamita. Yo estoy mirándote desde acá lejos y fuera de mí. Soy un gran balón, un neuma intenso. Quiero adormecerme; cada corta respiración me eriza los muslos y me llega hasta los pies, los dedos me laten, la vejiga se me infla, casi no siento el ardor del aire en el esófago y tengo mucho miedo. Tú también tienes miedo y por eso quiero a Taita ahora. ¡Quiero a Taita ahora!

¿Dónde está Taita que no lo veo, que no siento sus botas llorar contra el piso, ni su camisa sudada y fuerte, para arreglarlo todo cuando hay ciclón? ¿Dónde está Jíbaro? ¡Hasta Jíbaro...! Sólo queda Mami, la estrella y yo que me voy apagando por los pies…"

El fuetazo fue fugaz, preciso y uno. Taita sacó el machete y aseguró que no abandonara el puño de ninguna manera. Sin importar la dimensión de la fuerza que aplicara, el machete no iba a abandonar el puño. Es como una especie de intuición que combina el recuerdo del fuetazo, la práctica de las fuerzas de la naturaleza y la decisión del momento. Dos ojos asustados, infinitos como un pozo, se encontraron con Taita; dos ojos anhelantes y dispuestos como el graznido de lechuza convertido en hielo negro y brillante.

Jíbaro estaba parado encima del vegetal. Taita distinguió la cola que quería saludarlo y a la vez avisar de la urgencia que ya el viejo había presentido. Taita pasó su mano por la cabeza del perro. Lo separó discretamente y agarró una oreja de la planta. La planta se entumeció un poco por el frío del machete. Taita intentaba con todas sus fuerzas cortar aquella piel de cerdo, cabeza de serpiente, penca de coco, seda vegetal humectante, pero el vegetal no cedía a las mañas del viejo. Entonces Taita comenzó a lanzar el instrumento de punta contra el dichoso molusco terrestre, contra la base del círculo ígneo, hasta que logró despegar un pedazo suficiente del material. Taita tomó en sus manos el vegetal y dejó una ausencia milenaria en el círculo de piedra. Se llevó el vegetal al pecho como protegiéndolo y asegurándose de no perderlo. Entonces sintió un sonido hueco y sibilante que no supo ubicar muy bien.

Taita emprendió el camino de regreso. El viejo iba

sobrecogido y seguro a la vez: sentimiento que produce un resultado de euforia solemne que se revierte usualmente en energía productiva. Jíbaro lo seguía con rutina, convencido de haber hecho su parte. Al llegar Taita a la casa, ya la madre tenía el agua hirviendo. Sin perder tiempo echaron los trozos de la rara especie de *aquilaria* en el agua.

Los sonidos de la disnea de Vejigo parecían un ejército de fantasmas chillantes sueltos por toda la casa. El resultado de la succión de la débil caja de costillas del niño y el aire tratando de entrar a suplir oxígeno a los pulmones, por las estrechas cavernas y paredones no ocupados por la constricción, produjo este sonido tan macabro. Lo sorprendente fue que al entrar la rara especie de sábila plana al agua hirviente, se produjo un sonido similar.

El tegumento de la hoja carnosa comenzó a contraerse. Llamaba toda la piel externa hacia dentro, produciendo un sonido agudo y sibilante. La resonancia parecía una lucha de armonías. Los sibilantes bronquiales del niño parecían conversar con los sonidos producidos por la vegetal oreja mucilaginosa.

Poco a poco el sonido se fue relajando, transformándose en una inmensa sensación de alivio, de sonidos algo más graves, mezcla de canto de sirena y zumbido de abeja, o quizás de tuba australiana. No sé. Taita observó la sustancia diluirse y comprendió que estaba lista. Sacó la infusión del fuego y vertió el líquido en la taza de barro preferida de Vejigo. La madre de Vejigo y Taita intercambiaron unos gestos cuidadosos. La madre salió disparada para el cuarto en donde estaba Vejigo, siempre manteniendo una mano debajo de la taza para que no goteara por la casa.

Vejigo sorbía lentamente la espesa sustancia y sentía cómo su respiración se engrasaba. Se soltaban, bajo los efectos de la infusión, los tensores que vibraban dentro de sus retoños bronquiales. Los muchos nudos que ataban su pecho iban cediendo al aceite que la tierra había reservado durante siglos, en los entornos de ese lindo campo, en las márgenes recónditas de un río único que producía una especie endémica.

Taita se sentó al lado de la cama, mirando a su nieto. Vejigo recostó su cabeza y fue dando su cuerpo al descanso, con una sonrisa de niño feliz en sus comisuras…

Alí Hamram, el espíritu aventurero

—No te preocupes, Vejigo —le dijo el viejo, como en una frase sacada de mil recuerdos—. Mañana te sentirás mejor. Te prometo que iremos a recoger nidos para transplantarlos a los atejes del patio, y que se nos llene la casa de pajaritos cantores y coloridos. Haremos en el patio la selva que siempre has soñado tener. Ahora trata de descansar. Y para que reposes de tus pensamientos inquietos, te voy a hacer un cuento que siempre me hacía mi padre. El cuento se llama: "Alí Hamram, el espíritu aventurero".

***

Alí recién se levantaba de su último día de vacaciones. Su cama estaba toda caliente y revuelta. A decir verdad, por él hubiera estado todo el día tirado en ella, soñando con sus travesías y dormitando. Pero el Sol mañanero se colaba por un pedacito de su ventana y lo hizo reparar en el cielo. La madre asomó la cabeza por la puerta, esperando que Alí se levantara, primero para darle la leche, pero después para jugar con él. Alí le respondió, tapándose la cabeza con la sábana, con un gesto de picardía.

Después de tomar la leche que devoró como ternero hambriento, se fue al baño, con pasos largos de sonámbulo, para asearse. Un rayito de sol volvía a colarse como una linterna e iluminaba el polvo de la habitación, que también se despertaba. Alí se detuvo a mirar las partículas de polvo. Todas volaban en una algarabía matinal y le recordaban sus hazañas en la alfombra. Cuando Alí pasaba la mano por el espacio donde estaban las partículas, éstas se agitaban y formaban remolinos vertiginosos y Alí se sentía poderoso, como si estuviera jugando con los astros.

—¿Alí, te falta mucho? ¿Por qué te demoras tanto? —le preguntó su mamá.

Entonces se acordó Alí que era el día de la visita a los tíos de Oram, pequeño pueblo a diez kilómetros de su casa. ¡Para visitas estaba Alí a esa hora! Luego, los primitos aquellos que siempre lo halan, lo pellizcan y lo orinan, y que además había que cuidar y ser educado con ellos por ser él el mayor. Para evitar el viaje, Alí le dijo a la mamá que se sentía mal, que tenía deseos de vomitar.

La mamá asustada se lo dijo al padre y rápidamente suspendieron el viaje. Alí se había librado de la visita a los primos con gran picardía. Pero ahora tendría que hacerse el enfermo todo el día y eso sería muy aburrido. Al poco rato, Alí se acercó a su papá que estaba sentado en la sala y se recostó a él de medio lado sin hablar. El padre, que estaba conversando con la madre, no se percató de la súplica del niño. Alí continuó rodando con los brazos descolgados y de medio lado hasta quedar en frente de su papá. De manera que a éste no le quedó más remedio que mirarlo y preguntarle: —¿Qué te pasa, te sientes mal? —pero al instante se dio cuenta de la estratagema al ver la cara del niño. Entonces miró a la esposa y haciéndole una seña, preguntó al niño—: ¿Qué quieres, Alí, ir a jugar con la alfombra?

Alí mostró una pícara sonrisa y asintió con la

cabeza. Pero entonces la mamá dijo preocupada: —¿Y si se marea en la alfombra y se cae?

Alí no sabía qué decir. Los dos padres se miraron y riéndose le dijeron a la vez al niño: —Vete a jugar, que tú lo que tienes es sinvergüencería.

Alí fue corriendo para su cuarto a sacar la alfombra de la caja, pero la madre, que lo había seguido, lo detuvo en seco: —¡Hey, hey, hey aguante que tiene que vestirse y ponerse los tenis!

Después que hizo todas esas cosas, se dirigió al cuarto, sacó su alfombra de la cajita, la desempolvó y se fue al portal de la casa. Serían las nueve de la mañana. El día estaba transparente y radiante. El Sol seguía, en el cielo azul, a unas escasas nubes blancas y le daba un sentido entretenido al día.

—¡Que te diviertas, amigo! —le dijeron desde la sala.

—¡Seguro, amigos! —respondió desde el portal.

Alí extendió la alfombra y se sentó arriba de ella con sus piernas cruzadas. Entonces, sentado en la alfombra pensó en qué recorrido hacer. Observó, desde el portal de la casa, el jardín y el claro rectángulo que quedaba entre el techo del portal y la cerca, entonces miró a las matas de la calle, los techos del frente, todo. Y al fin pronunció las palabras que estaba deseoso de pronunciar: “V-U-E-L-A, A-L-F-O-M-B-R-A, V-U-E-L-A”.

La alfombra se elevó verticalmente, como a un metro de distancia. Alí sujetó inmediatamente sus dos puntas como si aguantara a un cerdo por sus orejas. De modo que la alfombra quedó así suspendida entre el techo y el piso del portal. Alí se sintió flotando, pero a la vez cómodamente sentado en el suave tejido que se hundía

ligeramente por su peso.

Veía el techo del portal desde abajo, muy cerca, con una extraña textura corrugada. Veía la lámpara que por las noches reunía cientos de insectos alborotados, el marco de la ventana... Entonces se comenzó a desplazar hacia el jardín con los movimientos que el padre le había enseñado. Inclinaba la parte superior de sus puños, que sostenían los bordes de la alfombra, y ésta se movía hacia adelante. Si dirigía un solo puño hacia adelante, entonces la alfombra avanzaba girando.

Se elevó hasta sobrepasar la altura del rojizo techo de la casa. Se sentía más grande que la cerca. Veía el techo plano desde arriba, y cuando miraba para abajo se sentía en el aire, libre como espíritu de niño. Alcanzó un poco más de altura y pasándole por debajo a un gajo del cocotero, tomó la dirección de la calle hacia arriba.

A pesar del sol, el día estaba fresco. Por esa razón, Alí pensó en un gran viaje, pero quería compartirlo con uno de sus amigos. Se fue elevando por encima de las casas. Se veían como cuadrados. Podía ver los patios, los copitos de las matas... Era una perspectiva diferente cada vez.

Alí halaba la punta izquierda de la alfombra y se iba dirigiendo al sureste del reparto. Cuando la alfombra se inclinaba, las casas parecían venírsele encima como si estuvieran montadas en una ola marina. Alí llegó a la casa de su amigo y se detuvo a unos 10 metros del techo. Entonces fue bajando poco a poco hacia él. Haron, quien era amiguito de Alí desde la infancia más ingenua, estaba jugando con una lagartija. Alí se detuvo casi encima de su cabeza y le hizo cosquillas. Haron se rascó la cabeza, pero no se dio cuenta. Estaba sumido en una científica observación sobre la cara de la verdusca lagartija.

Alí repitió la acción. Haron reaccionó rápidamente. Llevó una mano a su cabeza y con la otra lanzó la lagartija con fuerza, como si fuera ésta quien lo hubiera atacado. Se rascó de nuevo, dándose duro en la cabeza para alejar todo peligro y miró hacia arriba. Tremendo susto se llevó. Pero luego sonrió y gritó muy contento: —¡EEEHHH, me viniste a buscar! ¡Mami! ¡Mami! ¡Mami! ¡Me voy con Alí!

—¿Cómo que te vas con Alí, tú piensas que eso es así? —le respondió la madre—. ¡No! ¡No! ¡No! Tú no vas a ninguna parte.

—¡Mami, mira, si a él lo dejan!

La madre se dirigió a Alí y le dijo: —¿A ti te dejaron andar en esa cosa por ahí?

Alí respondió que sí. Entonces la madre de Haron decidió ir a casa de Alí a preguntar.

—Bueno, mami, mira, tú vas a preguntar y nosotros vamos al lado tuyo en la alfombra —le dijo Haron a la madre.

—Sí, pero al lado mío bien bajito. ¡Se cae la cosa esa y yo no sé qué me voy a hacer con ustedes!

Haron dio la vuelta para unirse con Alí y vio la lagartija que aún estaba en la acera, quietecita mirándolo, sorprendida de que el juego se hubiera terminado tan pronto. Haron le dijo a la lagartija: "¡Vete! ¡Vete! Luego jugamos. Vamos, vete".

La madre de Haron salió en sandalias para casa de Alí, y ellos dos iban en la alfombra arriba de la cabeza de la madre. Un muchacho que pasó en una bicicleta se quedó asombrado con la alfombra y casi se cayó de la bicicleta.

Llegaron a casa de Alí y la madre de Haron les

preguntó a los padres de éste que estaban en el portal sentados: —¿Hirma, es verdad que tú dejas a los niños montar en esa cosa?

—Sí —respondió la madre de Alí—. Eso no tiene peligro.

—¿Ay *mi'ja* y si se caen?

—Ellos la llaman y la alfombra baja a recogerlos. Alí sabe —le respondió el padre.

La madre de Haron pareció más complacida y le dijo a su hijo: —Bueno fíjate, vayan, pero le haces caso a Alí.

—¡Sí, mami, como no! ¡Qué buena eres, mamita! —le dijo Haron. "¡Nos salvamos!" susurró Haron a su amigo.

Esa conversación tenía lugar en el portal de la casa mientras los niños estaban en la alfombra, a una casa de altura por encima de la cerca del jardín. El copito de la mata de coco le quedaba a Alí a metro y medio.

Haron, alegre, le dijo a la madre adiós con los dos brazos.

"¡Pero míralo, chica! Me *va'matar* de los nervios. No te demoreeeeeeees..." La alfombra iba tomando altura. "¡Aguántate bieeeeeeen!" Ya casi había que gritar.

Allí quedaban en el portal los padres de Alí, abrazados, diciéndoles adiós a los niños, y la madre de Haron, nerviosa, con las manos en la cabeza, mirando atentamente a la alfombra.

Ya se veían desde la alfombra, entre los cuatro portales de la manzana, en el del medio, a los tres padres del tamaño de unos niños. A medida que tomaban altura, la vista abarcaba más extensión. Ahora se distinguían calles completas y sus casas como cajones rodeados de cuadrados verdes. Haron, un poco aprensivo aún, se aguantaba de Alí fuertemente y no quería mirar para abajo. Se elevaron y se elevaron. El reparto completo aparecía ahora ante sus ojos atentos desde la altura. Mostraba sus casitas organizaditas en cuadraditos, los pedazos verdes de los parques y los jardines, todas sus calles regularmente rectas, excepto una que recorría todo el poblado y salía en una curva extensa hacia los campos, como si dibujara en la tierra el mismo recorrido que los aventureros hacían en el cielo. Todavía los buitres se observaban por encima de ellos. El pelo de los niños parecía movido por un ventilador poderoso.

El Sol seguía resplandeciente y las nubes blanquitas y refrescantes. Cuando pasaban por debajo de alguna, descansaban del sol. Ya se veían los contornos, los límites mismos del pueblo completo. Comenzaron a aparecer los campos, casi como en un mapa.

"Es interesante ver la disposición de los pueblos desde la altura. Nunca terminan con un límite preciso, sino que se van viendo después las casas separadas, aisladas, entre una y otra una gran extensión de terreno, pero con la tendencia a cada vez haber menos casas. Los seres humanos se necesitan los unos a los otros, por eso viven en pueblos" pensaba Alí.

Haron ya se iba acostumbrando a la seguridad que ofrecía la alfombra mágica. A pesar de que él era muy valiente, hay que decir que estaba viviendo una nueva experiencia. Sin embargo, ya se sentía invitado a jugar con la alfombra, a mirar a los lados. A veces le empujaba duro el fondo para investigarla. Cuando la tocaba, la alfombra se hundía como un colchón, pero la presión del aire la hacía subir. Se sentía resistente.

A lo lejos se veían las vaquitas y los caballos de aquella región por donde andaban. Eran casi un juego infantil con puntitos que representaban animales. Una nube algo grande comenzó a oscurecer el día. El anuncio de la tormenta atrajo un grupo de buitres que se reunió en círculo. Entonces comenzaron a volar al lado de los jóvenes pilotos. Parecía una especie de escuadrón aéreo en formación.

—¿Como los gansos del cuento de *Neil y los gansos salvajes*? —preguntó Vejigo a Taita, como en susurro.

—Exactamente —respondió el viejo, y prosiguió su narración.

Buitres y niños disfrutaban el fresco del tiempo de lluvia. El día se había oscurecido un poco. El olor a agua daba cierta alegría al ambiente.

Alí se puso a jugar con las aves. Había una que siempre se le acercaba y cuando Haron batía las manos para azorarla, se iba volando, desprendiéndose en una caída inclinada. Entonces Alí la seguía, doblando la alfombra por las puntas. Iba detrás del ave que se esforzaba por volar, dándole a las alas, asustada. Desde la alfombra se le veía el lomo combo y brillante, con sus movimientos elásticos al mover las alas. Se estiraba y se encogía, batiendo el aire con sus potentes remos.

Llegó el agua, una agüita fría y rica. Los niños decidieron bañarse en el aguacero. Con sólo haber desviado el rumbo ligeramente hacia el Sur y haber corrido un poco, ya se hubieran alejado de la lluvia. Pero quisieron disfrutar la ocasión. El pelo lo tenían chorreando. Hacia abajo se observaba un azul grisáceo compacto. Todo estaba nublado, al igual que al frente y detrás de los tripulantes.

La visibilidad era mínima, por lo que tuvieron que aminorar la marcha. Les estaba siendo difícil orientarse e incluso mantener la alfombra horizontal cuando el aire batía más fuerte. Entonces vieron algo negro que venía hacia ellos. Haron gritó, asustado: "¡Mira, un hombre con una capa!"

Todo fue muy rápido, y no se veía nada. El agua lo cubría todo. Realmente estaban a metros y metros y metros de altura, volando en la alfombra. Como estaba todo azul y no veían ningún punto de referencia, no podían comparar las distancias. Los niños estaban un poco sobrecogidos. En su pueblo se contaba una leyenda sobre niños que habían sido tirados desde la altura, pero Alí no le hacía mucho caso.

El enorme pajarraco arremetió otra vez; asustado por los truenos y un poco desorientado, también pensó que aquello era una mata y trataba de posarse. Lo había sorprendido la tormenta. Estaba mojado, con olor a plumas húmedas. Hacía intentos por asirse de una punta de la alfombra o por posarse en la cabeza de Haron. Éste se lo sacudía, se lo restregaba de la cabeza con manotazos que más le dolían a él mismo que al pájaro. El ave, acostumbrada a reñir con otras por el mismo puesto en los árboles altos, pensaba que Haron y Alí eran otros pajarracos igual que él.

Alí le dijo a Haron: —¡Aguántate duro, amigo, que vamos abajo! —y pronunció: "¡Baja, alfombra, baja!"

La alfombra comenzó un descenso vertiginoso. Alí

y Haron lo sintieron en sus oídos. Con el cambio de altura de la alfombra se desapareció el pajarraco. Volvieron a subir un poco y cogieron velocidad para salir del agua. Los goterones les golpeaban la cara. Parecía que iban en una motocicleta bajo el aguacero. Las gotas golpeaban como piedras frías en unos ojos que cada vez eran más difícil mantener abiertos.

Al cabo de unos veinte minutos de travesía por dentro del agua, dejaron atrás las negras nubes. Al Este les quedaba la tormenta. Se sentían los truenos fuertes y la mancha de agua derramándose como un lienzo, donde columnas de gris sólido y rayado tendían una cortina del cielo a la tierra. Al frente se extendía un valle verde y a unos kilómetros de distancia se veían unas impresionantes montañas azulosas.

—¿Qué habrá en aquellas montañas? —preguntó Haron.

—No sé. Pero podemos averiguar. Es una cordillera larga y alta. Deben haber muchos animales.

—Me gustaría ir —dijo Haron, decidido.

Los dos buenos amigos aceleraron su vuelo y en unos minutos, ya secos por el viento y el sol, se fueron aproximando a las montañas. Por la ladera que les daba al frente se observaban unas cabras salvajes alborotadas, corriendo por unos trillos a una velocidad increíble. Eran cabras de cómicos tarros espirales. Habían marcado sus pasos por aquellas laderas pendientes, a fuerza de correr con enorme precisión y pelar la vegetación con sus cascos. Los aventureros elevaron la alfombra y se fueron directamente a la cima. Al llegar a la cima, la base de la montaña les quedaba debajo de los pies, a más de dos kilómetros de altura.

La cima de la montaña tenía una vegetación más escasa. La cubría una tierra amarillenta y rojiza. Adornaban su perfil escasos arbustos pequeños de hojas punzantes. Entre unas piedras en un borde filoso, vieron una cueva grande a la cual se acercaron. Se detuvieron a unos tres metros de la cueva. No se veía nada para adentro. Todo era verdaderamente impresionante. Un hueco infinito en medio de esa cima de la cual sólo salía el eco de los gritos distorsionados.

—¿Qué es eso?

—Cambiados; salían con una voz diferente —Vejigo viró ligeramente la cara y el viejo prosiguió.

Alí y Haron estaban muy intrigados. ¿Qué animal podría vivir en una cueva tan alta, nada menos que a dos kilómetros o más de altura, e inaccesible por lo tan abrupto de ese lado de la montaña?

La entrada estaba pelada y con el piso casi pulido, hecho polvo del constante paso de animales. Se parecía a las cuevas de lobos o de perros abajo en la tierra; cuevas que, producto de la poca altura de sus techos, reciben constantemente la barrida de las panzas de sus moradores, por lo que terminan con un suelo completamente liso.

Pero algunos excrementos de color blanquecino delataban que frecuentaba el lugar alguna especie de ave, quizás una lechuza o un águila. Alí le comentaba a Haron que la disposición de la cueva en el punto más alto de la montaña y su inmensa entrada decían que era un animal de mucha jerarquía y poder en la región.

—Mi padre siempre me dice que observe la naturaleza y le pregunte a las piedras, a los bosques, al viento y que ellos te hacen entender todo —le insistía Alí.

—Dicen que hay aves que raptan niños. ¿Será una de ésas...?

Los dos aventureros estaban en el aire a unos pocos metros de la cueva. El silencio y la tranquilidad absoluta los hizo sentirse con confianza y se acercaron aún más. Cualquier animal que fuera a entrar o salir tendría, por obligación, que tropezar con ellos. Se acercaron un poco más; ya casi podían tocar los bordes del laberinto con las manos. Pero aun así, la oscuridad no entregaba la más mínima señal de vida.

Alí estaba en la parte delantera de la alfombra y su amigo detrás. Ambos respiraban muy calmados para no hacer ruido. No querían ni que el aire sonara al rozar los bordes de las fosas nasales. Ese pequeño silbo podía implicar peligro. Debajo de la alfombra se extendían cuadras y cuadras de distancia de aire. Lo abrupto de la entrada decía sin duda que al lugar había que acceder volando, no había otra forma.

Haron quiso dar otra posibilidad que la de una inmensa ave de rapiña que los pusiera en peligro.

—¿Una cabra no puede correr por este lugar tan inclinado? —preguntó Haron, casi afirmando.

—Ni las cabras viven en cuevas que yo sepa.

—¡Puede ser un oso! —Haron trataba de arreglar su suerte, pensando en su ventaja de poder volar.

Los dos aventureros llegaron a la conclusión de que era una cueva abandonada. Pensaron en irse... ¿Pero quién se retira de algo así, de un misterio tan evidente sin saber hasta dónde llega, cómo es por dentro, a quién pertenecen esas manchas secas que había enfrente y era señal de actividad, de trasiego? Además, todo estaba muy tranquilo y ellos estaban en la alfombra: ¡tan segura...!

Alí se volvió a Haron, buscando aprobación para acercarse aun más a la boca oscura. Haron asintió. Alí, sujetando fuertemente los puños para que no se le fueran, para que respondieran a pesar de la tensión de sus nervios, los inclinó con un toque frío, casi sintiendo las bisagras de sus muñecas. La alfombra se acercó medio metro y ya antes de llegar, Alí había manipulado la parada.

Un ruido seco, como pisada de cascos, se sintió debajo de la alfombra. A Alí y a Haron se les heló la sangre. Por suerte les dio por quedarse quietitos en el lugar. Reaccionar en esa posición podría haberlos metido en la cueva o atropellado contra la roca viva. Miraron hacia abajo y alcanzaron a ver el resto de la piedra rodando hasta el borde del precipicio. Luego cayó, rebotando hacia afuera, hasta perderse en la profundidad de la altura.

Asustados, se alejaron un par de metros y comenzaron a ver la cueva a una casa de distancia. Tenían lista en su mente la orden de bajar rápidamente si algo pasaba. Ya que la piedra los había sorprendido, se dieron cuenta de que no estaban preparados. (Así aprendemos nosotros y los animales.) Aprendieron la experiencia de programar los reflejos antes del susto.

Se sintió un ruido desde dentro de la cueva, un ajetreo irregular, una movilización de masas que sacó un vaho caliente. Inmediatamente después se vio salir, como un cohete, un bulto negro. Los dos aventureros se sujetaron fuertemente como habían acordado y gritaron al unísono: "¡Bajaaa, alfombra, bajaaa!"

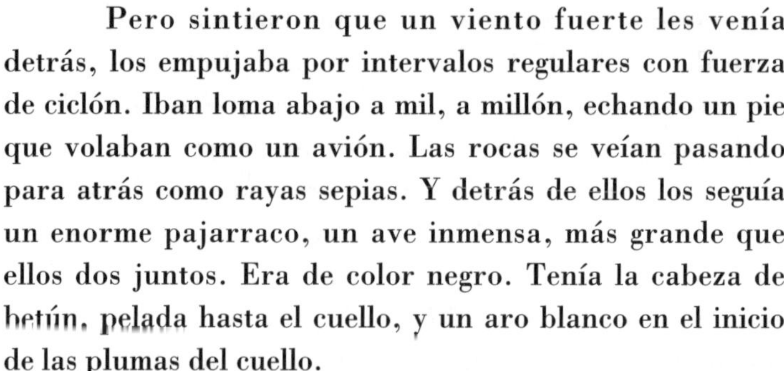

Pero sintieron que un viento fuerte les venía detrás, los empujaba por intervalos regulares con fuerza de ciclón. Iban loma abajo a mil, a millón, echando un pie que volaban como un avión. Las rocas se veían pasando para atrás como rayas sepias. Y detrás de ellos los seguía un enorme pajarraco, un ave inmensa, más grande que ellos dos juntos. Era de color negro. Tenía la cabeza de betún, pelada hasta el cuello, y un aro blanco en el inicio de las plumas del cuello.

El ave los seguía en picada. Los dos aventureros no pensaban mucho; se desprendían hacia abajo sujetados de la alfombra lo más fuertemente que podían. Sentían el ave estrujando al viento. Sentían golpes de remos en la presión de aire que les llegaba y sentían un esfuerzo inmenso del animal por alcanzarlos.

Haron sintió una agitación detrás de él, como cuando un niño se le acercaba corriendo en los juegos de las escondidas. De repente sintió que un pellizco elástico le estremecía la alfombra. El picotazo había producido una ola entre la presión del aire y el halón súbito. Haron no se recuperaba de ese susto cuando sintió que su cuerpo quedaba sin sustento. El inmenso monstruo emplumado le dio otro picotazo a la alfombra y halándola hacia atrás, dejó a los dos pilotos en el aire, girando como bolas con patas. La ladera de la montaña subía como una fuente de piedra.

Haron lanzó un grito profundo que se perdió o se repitió en las distancias: "¡Ayyyyyyyyyyy!" Mientras tanto, iba dando vueltas de cabeza hacia la Tierra. Alí, que flotaba un poco más arriba, llamaba desesperadamente a la alfombra que ya el ave había soltado al saber que era una tela. Pero parece que por la distancia, la alfombra no recibía la señal de bajar por ellos.

Alí sentía el escalofrío de la caída. Aun así, vio cómo el inmenso animal pegó las alas al cuerpo y desplomándose hacia abajo alcanzó a Haron. Lo sujetó fuertemente por el refuerzo de los hombros de la camisa. Haron sintió un fortísimo tirón que le lastimó las axilas con la costura de las mangas. El ave salvaba a Haron de haberse desbaratado contra el suelo, pero lo capturaba para su provecho. Con unos tirones de alas, el pájaro emprendió su recorrido hacia la cima de la montaña donde estaba su oscura cueva.

—¡Alí, Alí, sálvame! —gritaba el amigo, desesperado, en un alarido de espanto. Hacía movimientos bruscos como si se estuviera fajando solo. Pero se dio cuenta de que si se soltaba todo habría terminado.

Alí siguió llamando a la alfombra hasta que ésta lo escuchó e inmediatamente bajó como un bólido, poniéndose debajo del muchacho. Éste tomó dominio de ella y comenzó a ascender en busca de su compañero de viaje. A los pocos minutos ya estaba aparejado con la velocidad del ave y manteniéndose debajo de ella, le gritó a Haron: —¡Quítate la camisa!

—¡No puedooo!

—Tienes que quitártela y dejarte caer. El ave no va a soltar la camisa y no podemos provocarla, pues tiene el pico muy fuerte y nos puede atacar.

—¡No puedo! La camisa está halándome. Además, mi mamá me va a regañar si llego sin camisa.

Haron chillaba con los ojos botados del susto que no se le iba. Parecía una marioneta después que el titiritero deja de mover sus manos y se retira a un rincón

con ella, arrastrándola ya sin arte.

—Peor va a ser si llego yo solo y le digo a tu mamá que estás en una cueva que ni yo sé dónde queda —se apuraba Alí, tratando de convencerlo a tomar acción—. ¡Apúrate! —le dijo Alí, desesperado.

Haron echó sus dos brazos para atrás como si estuviera descoyuntado. Pero su cuerpo no se deslizaba. Los botones superiores de la camisa se trababan en la barbilla. Entonces Haron ingeniosamente miró hacia arriba, tirando la corona de la cabeza hacia atrás todo lo que pudo, y estiró los brazos hacia arriba y hacia atrás como un mascarón de proa. Al estirar los brazos, rozó la parte interior de las alas del pájaro por un instante, pero a su vez comenzó a deslizarse por dentro de la camisa hacia abajo, golpeando los botones de la camisa con la barbilla como si fuera un teclado.

Haron logró separarse de su carcelero. Se dejaba caer cuando Alí llegó con la alfombra por detrás de él y se le metió por debajo a su misma velocidad. Haron no tuvo problemas en sujetarse y luego sentarse cómodamente. Alí giró rápidamente la alfombra, alejándose de la montaña lo más pronto posible. De haber demorado sólo cinco o seis golpes de alas más, el inmenso animal habría llegado a su cueva con Haron entre las garras, habría aterrizado dentro de ella y habría comenzado a darle picotazos en los ojos como hacen todos estos animales. Lo habría dejado ciego e indefenso y entonces habría empezado a destruirlo poco a poco con su pico de piedra.

El día aún estaba claro cuando los pequeños aventureros volaban de regreso. Su alegría ya no era la misma, pues preferían seguir en sus exploraciones, pero tenían que apurarse antes de que la noche cayera sobre la alfombra voladora y los envolviera completamente. Los dos amigos viajaban orgullosos de la hazaña que habían librado. Haron viajaba delante y sin camisa. Ésta había quedado flotando kilómetros y kilómetros atrás, cuando el inmenso pájaro se percató de que estaba vacía y había perdido la presa.

"Ya se las tendrá que ver con alguna de esas cabras salvajes de tarros afilados" comentaban los pilotos de alfombra.

Viajaban hacia el Este, en dirección opuesta, y aunque oscurecía mucho más rápido no tardaron en ver el poblado y las luces que ya comenzaban a iluminar las calles. Se acercaron a la cuadra donde ellos vivían y vieron a todos los miembros de sus familias preocupados, esperando a los tripulantes de la alfombra mágica. Allí estaban papás, mamás, abuelitas, primos, tíos y hasta los dos perros y el gato.

Alí y Haron bajaron al jardín y todos corrieron a abrazarlos.

—¡Ay, mi madre, no te dije! ¿Dónde está tu camisa *mi'jo*? —le preguntó la madre a Haron.

—Se la dio a un chivito que tenía frío —se apuró a decir Alí.

—Sí, a un chivito de lo más bonito —repitió Haron, guiñándole un ojo a Alí.

—¡Tenemos que buscarles una linterna buena para que paseen de noche! —dijo el papá de Alí.

—¡Mira, muchacho, que estos niños son capaces de todo! —respondió asustada la mamá de Haron, abriendo los ojos que parecía un pescado—. Vamos que hay que bañarse y comer.

Al día siguiente, los pequeños aventureros comenzaban sus clases. Así que tendrían que esperar las próximas vacaciones para disfrutar nuevas aventuras. Ahora, les tocaba aprender mucho para crecer y hacerse inteligentes.

***

El viejo Taita vio que Vejigo había terminado de escucharlo con las últimas energías que le quedaban para mantener sus párpados abiertos. Después de todo, Vejigo aún se recuperaba de su crisis de asma, pero se recuperaba muy bien. En su cara se observaba el evidente placer de haber escuchado a Taita y sus cuentos ocurrentes e interesantes que siempre disfrutaba. El viejo estaba en el cuarto, sentado al lado de la cama del niño. Lo miraba con bondad infantil, con amor ingenuo y desprendido de todo. La pequeña luz del cuarto se apagaba lentamente como un ocaso abandonando el rostro del viejo.

La memoria

La casa está de fiesta; es ese receso que las personas necesitan de cuando en cuando para olvidar que existe el apuro y el trabajo. Toda la familia está reunida, los amigos… y lo más gracioso, cada uno se dedica a lo que le viene en ganas. Mamá, como siempre, trajinando por el medio de la gente, sirviendo y recogiendo, como si para ella no hubiera fiesta nunca. Creo que para ella la fiesta es cuando se acuesta. Taita disfruta de las fiestas de una manera diferente, lo de él es jugar con los niños. Allí está en el rincón de la casa con mis dos vecinitos. Taita se para en un solo pie y dando saltitos les va haciendo ruedos. Yo veo que hace un esfuerzo inmenso para darse ese gusto. A él le gusta mucho hablar y enseñar a los niños.

Yo voy para allá porque el jueguito que viene ahora, que es el de los animales, sí me gusta. La bulla es mucha y Taita me pasea por la casa a caballo en su espalda porque adiviné "el cuadrúpedo que más usó el hombre como transporte". ¡Ojalá siempre fuera ésa la adivinanza para dar vueltas por la casa! Pero Taita llega un momento que dice ya, y tú le hablas y él no te hace caso.

A mí también me gusta jugar con los niños igual que a Taita. Por eso Taita y yo nos parecemos, y también porque yo quiero ser igual que él y lo imito en muchas cosas, como cuidar de los animales y hacerle cuentos a la gente.

Todos los amigos de papá conversan y él se hace el payaso con un vaso de cerveza en la mano. Las personas se rodean en grupos y hablan y recuerdan cosas. Casi siempre en las fiestas es igual. La gente se pone a hablar de cosas que hicieron juntos aunque algunos no estaban. O si no, se ponen a decir que tienen que hacer lo que están haciendo más a menudo, en vez de disfrutar lo que están haciendo en ese momento. No sé. Es algo así.

La fiesta se está acabando y voy a tener que ir para la cama. Ya eso viene. Nunca lo puedo evitar; yo no sé para qué me mandan para el cuarto.

Desde este cuarto oscuro y silencioso siento que todos duermen. Mamá y papá fueron juntos a su cuarto, los amigos se fueron todos diciendo que iban a reunirse más a menudo, Taita duerme. Pero yo recuerdo la fiesta. Recuerdo a mamá con unos vasos agarrados por el borde superior, en su camino a la cocina y veo perfectamente a Taita llevándome a caballo por la casa. Veo la piel de su cuello cuadriculada y los huesos de la espalda como se levantan y se bajan. Parece un gato.

¿Pero por qué me pasa eso si ya estuve en la fiesta? ¿Por qué, mientras todos duermen, vuelvo a revivir esos momentos? ¿Dónde tengo yo guardadas esas cosas? En unas venitas chiquiticas. A lo mejor la fiesta tiene más sangre y es dulce; porque yo lo siento como si fuera en mis ojos o a veces en un lugar bien atrás, remoto de mi cabeza. Recuerdo a Taita bailando en un solo pie, pero recuerdo su gesto cansado que a veces le cambia el rostro de alegría. ¿Eduardito también lo habrá visto? ¿Estará ahora en su cuarto mirando al techo con los ojos cerrados recordando la fiesta? Es maravilloso tener esta fiesta en el cuarto, solito. Yo puedo cambiarla, hacer lo que yo quiera y terminarla cuando me dé la gana. ¿Pero cuándo se me acabará el recuerdo? ¿Cuándo se me acabará…?

Papá nunca me traía a ver los saltos del río, pero siempre me lo estaba prometiendo. Quizás sea por esa razón que el salto me recuerda tanto a papá y, su ímpetu, al amor que él sentía por la vida. Éstos eran siempre los lugares de sus sueños, sus entornos, sus inmaculados parajes. Es como si fuéramos creando, incluso mientras vivimos, refugios a nuestras flaquezas y limitaciones. El río siempre corrió paralelo a nuestras vidas y fue nuestro punto de encuentro en los sueños. Puede que ése sea el único río verdadero.

La poceta de Soroa

Victorino sí sabía lo que decía. Su risa casi desconectada de la realidad, entre sarcástica e injustificada, asomaba por sus belfos amorfos. Supongo que debió ser un hombre bien parecido. Los ojos eran de un claro indeciso y el paso parecía el avanzar del sol por las montañas del Alto Soroa. Pero lo importante es su presente dimensión legendaria. Enterrado en medio de aquellas montañas, donde nadie llegaba a no ser a ver a Victorino, vivía su vida rutinaria y filosófica. Prender el fuego o transportar agua era el ritual en que se fundían la obligación diaria y un secreto de no adelantarse a nada por parecer innecesario e infructuoso. Se lanzaba a cualquier frase como si ya estuviera dicha.

"Claro que pueden venir mañana" nos decía. "Melina les vela la pipa y se bañan en el arroyo. Debe estar frío como loco. ¡Ja!" y acomodaba las pieles de la boca acostumbradas al sorbo caliente en la mañana.

Efectivamente, unos pasos más abajo de la casa de

Victorino, después de pasar por las eternas ruinas de una cafetería llamada El Recodo, yacía la poceta helada, sofocada en su furia por una cascada cansada de invierno. Allí asomaron sus cabezas lisas Vejigo y Taita. Detrás de ellos venía sumergida una tropa de arenas y aguas turbias. La bóveda de árboles y el ritmo del agua eran el trasfondo musical de aquel paraíso.

Taita subió poco a poco por las lajas de piedras y se recostó en un tronco solidario. Vejigo lo miró con interrogación desaprobadora.

—¿Taita, no nos vamos a bañar?

Taita lo miró y le dijo: —Primero quiero conversar contigo. ¡Ven, siéntate a mi lado! —Vejigo corrió al pie del árbol y se sentó al lado de Taita—. Ahora no vamos a nadar, vamos a conversar. Quiero enseñarte a ver la naturaleza, a entender las señas y huellas invisibles que dejan las cosas. Debes observar detenidamente los elementos, su forma de unirse o separarse unos de otros. Todas las cosas luchan y a la vez se ayudan. Mira, por ejemplo, observa detenidamente la cascada y descríbeme qué ves.

Estaban sentados bajo las frondas, justo frente al extremo izquierdo de la cascada de Soroa. Vejigo se disponía al juego de la conversación. Le encantaba conversar con Taita. Entonces improvisó una respuesta: —Veo agua cayendo —dijo Vejigo, creyendo que su respuesta era ingenua.

—¡Excelente! —dijo Taita—. ¡Agua cayendo! ¿Y ves toda el agua cayendo a la misma velocidad?

—Bueno, Taita, abajo suena más duro.

—¡Muy bien! Y arriba, si miras el agua a lo ancho del torrente, ¿tiene la misma velocidad? Mira, mira esta agua de la izquierda que se desliza por la piedra hasta que cae libremente, y compárala con la de la derecha que pasa por encima del musgo. ¿Ves? ¿Cuál tú crees que se mueve más rápido?

Taita había hecho que Vejigo reparara detenidamente en los distintos extremos de la lámina de agua que se desplomaba irregularmente hasta la poceta.

—La que se cae por la piedra se mueve más rápido y la que se cae por encima del musgo se mueve más despacio —respondió Vejigo, asegurándose de que su respuesta tuviera todos los elementos necesarios y mostrando una excelente pronunciación, como símbolo de que estaba razonando profundamente.

—¡Así es! El musgo ha entrado en un trato con el agua porque los dos se necesitan. El agua deja que el musgo crezca para no caerse tan duro, y el musgo la detiene un poco para que vaya más despacio, para poder alimentarse y refrescarse en los días de calor intenso. También pudieras pensar inversamente y decir que el agua caía con menos fuerza por esa parte y llamó al musgo, le creó las condiciones. ¿Entiendes? Por eso el agua se apresura en la piedra lisa donde nadie la aguanta y se detiene en el musgo que le hace resistencia. Ahora fíjate en la poceta donde cae el agua. ¿La ves? Dime, ¿dónde es más profunda la poceta, donde cae el agua o acá cerca de nosotros?

—¡Taita, claro que donde cae el agua! ¿Tú crees que yo soy bobo?

—Nada es obvio, Vejigo. Tu respuesta es correcta, pero nada es obvio. Ahora dime, ¿por qué es más profunda la poceta justo donde cae el agua?

Vejigo se quedó pensando y dijo: —Por el agua.

Taita lo abrazó por el hombro y le dijo: —¡Correcto! Pero las respuestas pueden ser más completas, más profundas. Mientras más entiendas y veas, más completa será tu respuesta. El río cae con inmensa fuerza y al caer quiere ocupar el lugar de la arena. Como las piedritas que forman la arena son más débiles que la fuerza de toda esa agua salvaje que viene desde la altura, el agua las empuja y como consecuencia esa parte donde cae el agua se queda sin arena y se hace muy profunda. Ahora, como el río corre hacia esta dirección, cae por la cascada y golpea las piedritas de la arena constantemente, día tras día, arrastrando la arena hacia adelante, cuando la arena se acumula y el agua ha perdido el impulso de la caída, la arena va venciendo, se va poniendo compacta y dice: “De aquí no me muevo”. Entonces el agua y la arena entran de nuevo en un trato…

—¿Como el agua y el musgo? —se adelantó Vejigo.

—Sí, por eso ves que en el golpe de agua donde la cascada cae hay profundidad, mientras que aquí donde estamos sentados, la arena ha subido y el agua se deriva, haciendo el río más ancho y más bajito. El agua y la arena han entrado en un trato. Por otro lado, si ahora el río es más bajito, tiene que ser más ancho para permitir que toda el agua de la cascada siga avanzando. Otros ríos que no se hacen más anchos tienen que correr más de prisa para sacar toda esa agua porque si no, se acumula y nos ahoga. Te imaginas un río de agua que no corra y suba y suba y suba hasta el cielo.

—¡Oye, Taita, eso sí está raro! Ese río ahoga a las nubes, pero las nubes no se ahogan.

—Bueno, volviendo a la cascada, me dijiste al inicio que abajo sonaba más duro. Eso te explica que la fuerza que produce todo lo que hemos conversado es la caída hacia la tierra. La tierra llama al agua y a todo lo que es de ella para que no se le vaya; como cuando el viento tumba a los pichones. Si no llamara a las cosas, las cosas no estuvieran aquí hoy, y tú y yo no estuviéramos teniendo esta conversación. —Taita miró a Vejigo y le pareció que se estaba cansando de tanta explicación. Entonces trató de borrar la posible preocupación del niño con el juego—. ¡Vamos, vikingo, que *pa'* luego es tarde! —y se lanzó a la poceta de agua cristalina y fría, y atrás lo siguió Vejigo.

Se zambullían y se perseguían uno a otro por debajo del agua. Taita pellizcaba a Vejigo y se iba en la otra dirección. Vejigo le caía atrás y lo agarraba por la pierna... Así estuvieron jugando hasta que Taita se cansó un poco y comenzó a disfrutar del agua tranquilamente, haciendo pequeñas olas con el agua frente a su pecho. Vejigo lo seguía llamando, pero la energía del niño empujaba y cansaba más que el agua. Taita más bien parecía la arena que había encontrado descanso en un recodo cómodo.

Llegaron Victorino y Melina con un almuerzo para los bañistas. Victorino saludó a Taita y no vio a Vejigo. Le preguntó a Taita por el niño y Taita giró alrededor buscándolo y no lo vio. En eso Vejigo respondió desde la cascada: —¡Taita, Taita! Mira, aquí el agua no me da tan duro en la cabeza porque estoy en la parte del musgo.

Taita sonrió, mientras miraba el pelo del niño partido en dos por la presión del agua.

LOBI

Vejigo iba corriendo a toda prisa, con las ramas de los arbustos golpeándole en la cara y gritándole a su abuelo: —¡Taita! ¡Taita! ¡Corre, ven acá!

En el otro extremo del camino, donde estaba el hogar de la familia y de tantos curiosos animales, Taita se entretenía en darles comida a las aves del patio. Estaban con él, rodeándole, los patos y la pata Eloísa con sus seis patitos amarillitos, las gallinas, los chillones guineos, las alborotosas palomas y la inteligente Traviesa entre un manojo de conejos, un par de cerdos y un cachorrito de la perra Kelly que se fajaba con el gallo a cada rato.

Taita, al sentir la llamada del pequeño Vejigo, se hizo camino entre pisadas y revuelos de aves. Los pollones saltaban como rebotados por la pisada de Taita abriéndose camino. Ya Vejigo llegaba como una saeta. Vejigo tenía la cara colorada y los ojos realmente alterados. Taita supo al instante que algo estaba pasando.

—¿Qué pasa? —le preguntó Taita.

—¡Taita, mira quee cuaandsos nnodsotiramos lavesjas prasuuubiran…!

—¿Qué, qué, qué? Repite y háblame despacio que no entiendo ni papa.

—Taita, mira —volvió a comenzar Vejigo—, que cuando nosotros tiramos las verjas para atrapar a los lobos, se nos olvidó hacerle la subidita que tú le haces para que los lobos glotones puedan entrar pero los otros animales no. Y hay un lobezno pequeñito que cayó en la trampa. —Vejigo aún estaba desesperado, pero ya se le entendía—. Tú sabes que si cae un lobo grande va a matarlo —dijo.

—¿Y el lobezno no es un lobo al igual que los otros?

—Sí, Taita, pero tú me dijiste que los lobos chiquiticos no son malos y además que no podíamos acabar con la especie.

—Está bien, hasta ahí me gusta tu razonamiento, pero tienes un fallo.

—¿Cuál?

—Nosotros no los matamos, sino que los llevamos al bosque donde ellos habitan. Los transportamos a kilómetros de distancias donde los otros animales están en disposición de defenderse de ellos o incluso de luchar.

—Sí, Taita, pero éste es chiquitico y ya se separó de la madre, entonces sí se va a morir. Además, si en la trampa cae uno grande va a matarlo.

—¡Tienes razón! Vamos para allá a toda prisa, que al mediodía cuando los animales descansan es cuando sale el lobo y puede caer. ¡Vamos, amigo, que nuestro lobezno corre peligro!

Taita cogió su mochila, ensilló a sus dos mejores caballos, Pinta Rosilla y Saeta, y salieron a toda prisa hacia las trampas de lobos.

Vejigo recordaba la imagen del pequeño lobito con sus dos orejitas hacia atrás y su lengüita jadeante, mirándolo desde el fondo del hueco. Cada vez le daba más duro al caballo para que corriera, pero el caballo no respondía a los pies de Vejigo. Pensaba que era un juego.

—¿Taita, podemos llevar el perrito para la casa?

—Eso no es un perrito, Vejigo, eso es un animal salvaje y cuando crezca será agresivo como los demás.

Vejigo siempre había estado ilusionado con esas

gigantes especies de caninos cimarrones. Para él eran un misterio lleno de mitos y leyendas. Ahora no quería dejar escapar la posibilidad de tener uno de esos cachorros como amigo.

—Y si yo lo cuido y lo quiero mucho, ¿él va a ser malo?

—Él no va a ser malo nunca. Él es como es. Le va a gustar la sangre caliente de las gallinas y se comerá a los patitos.

—¡Caramba, Taita! ¿Entonces tenemos que botarlo?

—No pienses en eso ahora, vamos a salvarlo.

El bosque se fue haciendo húmedo y espeso. De cuando en cuando un conejo cruzaba el camino, asustado por el galopar de los caballos. En un cuarto de hora llegaron al lugar donde el lobezno esperaba pacientemente a no sé qué, con las patitas delanteras dobladas hacia abajo y disfrutando de la humedad de la tierra. Al sentir a los humanos, se dispuso en sus cuatro patitas y miró hacia arriba. Comenzó a temblar, reculando hacia una esquina del hueco. Taita y Vejigo se tiraron de los caballos. Los amarraron a una rama. Taita se adelantó; abrió la reja de la trampa. Acostado en la tierra, inclinó medio torso hacia adentro del hueco y sacó al lobito.

El tierno cachorro era una mota de lana amarillenta. El pechito le brincaba a mil y su respiración estaba muy agitada por el susto. Taita se lo extendió a Vejigo y le dijo: —Ahí tienes. Está asustado por todo lo que ha pasado. Tienes que ponerlo un poco en la oscuridad y cuando lleguemos a la casa le buscas un lugar amplio y solitario. Por ahora debe estar solo un tiempo hasta que se recupere de este susto. Ya después veremos si logramos que se acostumbre al ruido de los animales.

Vejigo extendió sus brazos y atrapó al lobito con

ansiedad. El cachorro pasó de las manos de Taita a las de Vejigo en un trasiego de caricias. El niño descargaba toda la tensión acumulada desde que había visto al lobezno en la trampa y había llegado corriendo hasta la casa a avisarle a su abuelo.

—¿Estabas loco porque llegara este momento, verdad?

—Sí, Taita. Tenía tanto miedo de que un lobo lo matara. ¡Taita! —se apresuró a decir Vejigo— ¿qué vamos a hacer con él?

—Lo que se hace en estos casos —Taita miraba al niño fijamente y le daba tiempo para que él mismo razonara; porque el viejo sabía que nada vale tanto como las propias deducciones, el pensamiento propio, y que nada se graba tan profundo en la memoria como las soluciones tomadas en momentos de tensión.

—Lo llevamos para la casa —intentó Vejigo con voz convincente—, y cuando crezca lo soltamos.

—De acuerdo —respondió el abuelo, que había obtenido la promesa del niño de soltar al lobo por adelantado.

—De acuerdo no, Taita. ¿Qué otra cosa podemos hacer? Si tú cuidas a los animales y no quieres que se mueran, no vas a soltar a Lobi en el bosque ahora —insistía Vejigo, bautizando al cachorro con cariño—. ¿*Pa'* dónde lo vas a llevar?... *Pa'* la casa —concluyó Vejigo la frase, tocando la suave lana que envolvía la pata delantera derecha del animalito.

—Está bien, está bien, eso fue lo que quise decir.

Taita sacó un saco de yute y...

—¡Espera, espera! ¿Qué vas a hacer, meterlo en ese saco? No. Yo me lo llevo cargado.

—Vejigo, si te lo llevas cargado no puedes manejar el

caballo.

El niño se quedó pensando un instante y le dijo: —Ya sé. Tú me llevas en tu caballo como siempre y yo lo llevo cargado.

—¿Y el otro caballo?

—¡Ah, lo amarramos detrás y que nos siga!

—¿No te da lástima con mi pobre caballito? —Taita fastidiaba un poquito al niño.

—No. Ninguna —Vejigo lo sabía.

El lobezno llegó. Estuvo algunos días en un lugar apartado y sin mucha luz. Vejigo le daba leche, pero no lo molestaba mucho como le sugirió Taita. Después se fue adaptando poco a poco a la presencia de Vejigo y más tarde a la de los perros de la casa. Ya después de varias semanas jugaba y retozaba con Vejigo. Ya había fortalecido sus patitas y sus músculos. También comía solo. Pero todavía era el huésped preferido de Vejigo; bueno, éste y la cotorra Traviesa.

Las clases comenzaron y Vejigo pasaba casi todo el día fuera de la casa. Le gustaban mucho las clases porque aprendía cosas útiles e interesantes sobre los animales, como su hábitat y su cuidado. Aprendía en geografía sobre lugares interesantes. El tiempo fue pasando sin que él se percatara de ello, y un día le llegó la noticia más o menos esperada.

Taita lo llamó y le dijo: —Tenemos que hablar, *mi'jo*.

Ya Vejigo sabía lo que venía y se le adelantó: —Taita pero Lobi aún es pequeño.

—Sí, *mi'jo*, pero si no le permites que se adapte ahora a la vida salvaje, nunca lo logrará hacer. Tiene que empezar a desarrollar fuerza y velocidad desde temprano.

—Bueno, Taita, si tenemos que botar al lobito está bien, pero yo lo voy a ver todos los fines de semana.

Taita comprendió la tristeza del niño y pensó en una solución.

—Mira, si lo botamos como tú dices, aunque no creo que ponerlo en el bosque después que le hemos salvado la vida y cuidado durante semanas sea botarlo, no lo vas a poder ver frecuentemente. Puede suceder que cuando vayas al lugar donde lo dejaste no lo encuentres porque haya tenido que deambular y unirse a otros lobos para procurarse alimentos. Piensa también que habrá fines de semanas en que vas a tener que estar con tus padres y tampoco podrás ir a verlo. Yo he pensado en otra solución. Hilario, mi amigo, tiene una reserva donde cría muchas especies de animales para que se reproduzcan; allí cría lobos y hace cruces de animales. Se llama El prado. Yo te propongo dos cosas: o lo dejamos encerrado aquí y lo ves todos los días, o se lo llevamos a Hilario y lo soltamos en El prado. Además, si te interesa, en tus días de vacaciones lo puedes ayudar. Hilario siempre necesita voluntarios y sus dos hijas no le son suficiente.

Mientras ellos hablaban, el lobezno los miraba como si entendiera lo que estaba pasando. El animal había desarrollado un cariño especial por el niño; eran tantos días de juego y compenetración. Lobi, como se le decía desde que Vejigo lo trajo a la casa, se echó junto a ellos al pie de los sillones y Taita continuó con su idea.

—Allí, en El prado, le decimos a Hilario que lo cruce con una perra buena y nos quedamos con un perrito.

—Taita, esta segunda opción me gusta más.

Vejigo, aunque sentía mucho separarse de Lobi, prefería que estuviera en El prado donde él lo pudiera ver al menos de rato en vez y en eso quedó con su abuelo. Ahora debía poner todas sus energías e inteligencia en las pruebas que recién comenzaban…

"Vejigo, cada susto tiene su explicación."

EL NUEVO AMIGO

Qué lindo día se levanta sobre el caserío. El cielo está como empedrado. Mamá le llama a eso "cielo de sopa de arroz". Hoy me levanté temprano y anoche no pude dormir. Bueno, la razón es que Taita me prometió ir hoy a pescar al río. Claro, después de la pesca yo le caigo y le caigo y siempre lo convenzo para bañarnos. *Pa'* mí que él le tiene un poco de miedo al agua fría porque siempre me está dando de lado. ¡Ah! Y cuando mamá le dice que se bañe, yo le oigo siempre la misma respuesta. Él dice en tono despreocupado: "*Ji, dejpué, dejpué*", pero como para salir de la situación.

Ahí está Lobi otra vez a acercársele al gallo. Oye, que no lo deja tranquilo. No lo puede ver comiendo porque le da envidia.

"Lobi, Lobi, sal de ahí."

Déjame decirlo bien bajito no sea que despierte a Taita y se me eche a perder el día de pesca. Porque si él tiene ganas de pescar conmigo y de jugar, él me lleva, pero si no tiene ganas, ahí sí se me echó a perder la cosa. Taita no resiste que lo molesten cuando está haciendo algo o cuando no está haciendo algo.

Pero yo estoy un poco aburrido ya; desde ayer estoy esperando que me lleve a pescar. Me voy a acercar a la ventana para azorar a las gallinas a ver si con el ruido de las gallinas él se despierta, y así no es mi culpa.

—¡SSSSHHHH! ¡SSSSSHHHHH!

—¡Cloc, cloc, cloc!

—¿Qué pasa, Vejigo? Déjame dormir.

—Oye, Taita, yo sueno igual que las gallinas, ¿no, eh? Ah, entonces por qué tú dices: "¿Qué pasa, Vejigo?"

—Bueno, *'ta* bien, déjame dormir.

No se despertó, hoy no tengo arreglo. Bueno, me pondré a hacer otra cosa.

Vejigo sintió caor un bulto y en eso se le apareció la figura de Taita.

—¡Vamos, ánimo que nos vamos a pescar!

—¿Verdad, Taita? ¡Ay qué buenooo! ¡Qué buenooo, voy a pescar!

Taita se sentó a la mesa y se disparó el desayuno. Su cara arrugada y cariñosa se movía toda con el pan mojado de leche.

Entonces vino lo que me gusta a mí. Me levantó alto, alto, casi en el techo, y me dijo, mirándome: —Corre y dile a tu mamá que te vista que nos vamos.

Pa'llá fui volando, tratando de evitar que mi desespero contrariara a mami que siempre se ponía: "Vengan temprano, no se mojen, lleven merienda, ñu, ñu, ñu". Siempre tengo que aguantar eso hasta que me desaparezco. Bueno, es que ella se pone nerviosa, pero Taita y yo somos los bárbaros.

Salimos al patio y Taita ensilla a la Pinta. Me gusta ver cómo camina la Pinta cuando la halan por las riendas. Va con unos pasos responsables y despaciosos como dispuesta a compartir la faena, pero sabiendo que ella es la bestia. ¡Ah! Y me gusta su olor también. Me recuerda las cacerías de noche. Encima de los caballos uno siempre se siente seguro.

Taita me monta delante de él, casi arriba del cuello de la yegua y nos vamos por entre los ramos del ateje. Jíbaro sale disparado desde debajo de la majagua que está al frente de la cocina, y se pone en marcha, detrás y a la derecha de las patas del caballo. Siempre nos sigue desde esa posición. A él no hay que avisarle, si no va él no va nadie.

Ahí vamos los cuatro. Cada vez que salgo así me acuerdo del cuento que me hace papi de Don Quijote, un señor bueno que tenía un amigo y siempre andaban juntos. Dice papi que soñaba igual que yo, pero Taita dice que estaba trastornado igual que papi.

Nos empezamos a alejar de la casa. El olor a monte se hace más fuerte. Entonces, comenzamos a ver la franja de follaje que rodea al río. Porque la naturaleza sabe; cada vez que hay un río pone muchas matas y plantas para que se alimenten y además para que los animales vayan a descansar y encuentren agua. Yo me he dado cuenta de que en la naturaleza las cosas están pegadas. Donde hay muchas matas hay agua. Donde hay mucha arena y sol hay playa, donde hay lluvia hay fango y así todo está junto. Por eso cuando veo algunas cosas ya sé que están las otras que no veo.

Se siente el correr del agua; papi dice que ésa es la música más antigua. A mí me gusta mucho. Jíbaro ya sabe adónde vamos y empieza a adelantarse. Taita parece que sigue durmiendo. No mira nada, no levanta la cabeza, sólo sigue a la yegua. La sujeta por las riendas que aguanta a la altura de mi pecho.

A unos treinta pasos del río, amarramos a Pinta Rosilla a la sombra de un pino y le soltamos las riendas para que ella también goce comiendo hierbita verde y fresca.

Taita saca los avíos. Esa palabra no me parece correcta. Es como de avión, pero dice Taita que es la que se usa. Por cierto, no me gusta mucho lo de la carnada y eso. Pero pescar sí me gusta mucho.

Taita pone la carnada en el anzuelo y nos acercamos a la orilla. Le da vueltas en el aire y la lanza al agua. Ahora a esperar. El anzuelo entra al agua y hace unos círculos que van creciendo. Dice Taita que eso es llamando a los pescados. Pero yo sólo lo veo en la superficie.

El hilo se empieza a estirar. Al parecer ha caído el primer pescado del día. Taita me mira y me dice: —¡Estamos de suerte, Vejigo!

Jíbaro comienza a ladrar. Al parecer, él también disfruta con la pesca. El hilo se sigue estirando y Taita me dice que parece buena pieza. Yo me froto las manos. Me encanta coger los pescados. Si me da lástima, ya Taita sabe que los volvemos a echar al agua. Pero si son malos me los como fritos. Los malos se conocen por la cara.

El pescado hala tanto que Taita se pone serio. Yo me río y le digo: —¡Dale! ¡Dale, que quiero verlo! —pero él no deja de atender a la pita.

Jíbaro no para de ladrar desde atrás de nosotros. ¿Qué será? Quizás él ve algo que nosotros no vemos. Entonces Taita camina hacia atrás y le da tres vueltas a la pita en un árbol y le siento exclamar: "¡Hala ahora *to'* lo que tú quieras!"

El nailon parece una cuerda de guitarra. Se hunde en la corteza del arbusto. Taita está serio. Un reventón del nailon lo hace volar por los aires y suena como un cuerdazo con muchos ecos. Taita se pone serio y pensativo.

—¿Qué pasa, Taita, no lo vas a coger? ¡Dale! ¡Dale! Cógelo *pa'* llevárselo a mamá.

—¡Hijo, el hilo es de 60 libras y el pez lo partió! ¿Tú sabes lo que quiere decir eso?

—No, Taita. ¿Qué es?

—Que ese pescado es más grande que yo.

—Pero bueno, ya se fue, Taita, vamos a seguir

pescando. No se va a pasar todo el día interrumpiéndonos, ¿no?

Después de un largo silencio, Taita vuelve a tirar el anzuelo al agua. Ya todo ha pasado y Taita aguanta el cordel con las dos manos. Yo me entretengo en tirarles piedras a Jíbaro y a Pinta. Estoy un poco aburrido por el calor del día.

De repente, sin hacer caso a mi última piedra, Jíbaro gira bruscamente y corre hacia la ladera del río. Me vuelvo asustado al oír el chapaleteo del agua. Cuando miro me encuentro a Taita en medio del río. Taita hace movimientos desesperados por salir del medio de las aguas de aquel río ancho y cristalino. Esa parte del río es particularmente profunda y el viejo lleva botas y ropa pesada.

Sin perder tiempo, me tiro al agua en socorro del abuelo y más atrás me sigue Jíbaro, que ya es un fuerte animal. Los dos, Jíbaro y yo, vamos a toda prisa a rescatar a Taita. De pronto veo que Taita se apoya en una piedra oscura en medio del río y me siento aliviado. Taita ha encontrado un apoyo. Continuamos acercándonos Jíbaro y yo con más calma, para sacarlo del agua de todas maneras. El agua no tiene corriente en esa parte del río y eso es algo bueno.

Veo que la piedra se mueve hacia nosotros en dirección a la orilla. La piedra nos pasa por el lado y Jíbaro y yo la seguimos.

La piedra, la cosa oscura, aquel misterio flotante llega a la orilla y Taita, un poco sorprendido, pero ya con la risa en la boca, apoya los pies en el margen fangoso y se apresura a arrancar un poco de hierba del camino. Pinta, que estaba en el árbol, mira a Taita con ojos alegres y cabeza altanera, como esperando por la hierba. Pero Taita, en lugar de dirigirse a la yegua, se dirige al río con la hierba. Yo y Jíbaro ya hemos llegado también y observamos a Taita, extrañados. El viejo llega despacio a la orilla del río y extiende la mano casi tocando el agua. Entonces sale un animal raro, con una boca grande y unos labios oscuros y carnosos, que recoge la hierba de las manos de Taita con delicadeza, sin dañar al viejo sabio.

Miro con unos ojos más grandes que los del caballo. Entonces Taita me dice: —¿Qué, le quieres dar tú?

Asiento con la cabeza; me encanta la idea aunque no estoy muy convencido. Me acerco al río con un puñado de hierba y espero a que el animal salga. Me miro la mano y pienso que si el animal me viene a morder la quito rápido. Taita, que me conoce bien, me dice: —Hijo, los manatíes son muy cariñosos y no hacen nada. Son mamíferos que se alimentan sólo de hierbas…

—Vegetarianos.

—Exactamente. Algunos pesan hasta 2,000 libras, más que una vaca. Son enormes, pero son criaturas inofensivas y tienen excelente memoria. Al parecer se había trabado con el anzuelo. Quizás también esté huyendo de algún peligro a esta altura del río y esté un poco confundido. En fin, no le tengas miedo alguno.

En eso el manatí se levanta y me mira con sus dos ojitos mojados y tiernos. Hago por retirar la mano instintivamente, pero acto seguido me acuerdo de todo lo que he hablado con Taita y extiendo suavemente la hierba al manatí. Éste separa sus carnosidades y deja ver su boca. Toma la hierba entre sus dientes y se sumerge ligeramente en el agua para masticar la hierba mojada. Puedo verlo disfrutando la hierba y aun veo la inmensa mancha negruzca de su cuerpo inclinado que está a más profundidad que la cabeza. El manatí continúa mirándome como a un nuevo amigo desde el agua, como si estuviera grabando mi figura para nunca olvidarla. Yo también lo contemplo con cariño, con la ternura que él me inspira. Presiento que se ha iniciado una sincera amistad…

Jíbaro rompe a ladrar de contento porque ya el susto ha pasado. Su ladrido alegre es corto y seguido y también un poco agudo. Y allá, desde la sombra del pino, Pinta nos mira seria como diciendo: "Vamos, no se asusten por esas boberías, yo he pasado cosas peores".

Después de aquel día, Taita buscó a su amigo Hilario. Entonces Hilario y su nieta Mireya, junto con Taita y Vejigo, colocaron carteles por toda la zona, para que los pescadores y vecinos del lugar protegieran a la pareja de manatíes que deambulaban por allí.

EL PRADO DE HILARIO

Vejigo estaba concentrado profundamente en su prueba. La maestra, en aquella aula inmensa, escribía algo en la pizarra, de espalda a los alumnos. De pronto, una línea de la tiza, como una silueta que dibujaba el camino para llegar a las tierras de Hilario, le trajo a Vejigo un recuerdo. Ese fin de semana, Taita lo llevaba a ver los hijos de Lobi en El prado de Hilario. La perra, una pastor alemán grandísima, había tenido cinco cachorritos preciosos y ya Hilario le había avisado a Taita. El niño empezó a impacientarse en el aula, pero por suerte ya terminaba la última prueba. Por cierto, una de las preguntas de la prueba había sido la diferencia entre verja y jaula, la cual Taita le había explicado muy bien a Vejigo el día en que éste le fue con la noticia de que había caído un lobito en la trampa.

Después de pasar por el valle, se divisa una espesa franja de follaje donde se destaca la caña brava o bambú y los cipreses. Era una especie de sierpe, de verde abollonado que dibujaba el borde del valle hasta perderse en el azul de la sierra. Por ahí pasaba el río que bañaba El prado de Hilario y donde muchos animales encontraban descanso y alimento.

Taita marchaba delante y Vejigo lo seguía como a diez metros de distancia. Tal parecían cual Quijote y Sancho, aquellos personajes legendarios que inmortalizó Cervantes. Al penetrar la franja de árboles, después de la primera cortina de troncos robustos, apareció ante ellos el río cubierto por arbustos menos poderosos que aún pueden sostenerse en las tierras húmedas y resisten las crecidas con más flexibilidad. Al oír el castañeteo hueco producido por los cascos de los caballos, algunas gallinuelas salieron volando. Esto produjo una reacción en cadena de sonidos que terminó con el alboroto de los guineos que pasaron a baja altura.

El río corría con una música continua y relajante. Ciertamente no era muy profundo y le salían a flote algunas piedras llenas de musgos verde-oscuros. Los caballos metieron sus patas en el agua, sonando sus castañuelas metálicas contra la roca viva, a veces amortiguada por el agua, y comenzaron a cruzar. Vejigo se entretenía mirando cómo el fango que levantaban los caballos comenzaba a deslizarse con la corriente río abajo.

De pronto, el caballo de Vejigo se paró. Cuando Vejigo levantó la cabeza para ver qué detuvo al animal, entonces vio por encima del ala derecha del sombrero de Taita, a unos cuarenta metros de distancia, dos lobos. Los animales estaban echados a la sombra de un cedro y Vejigo se quedó paralizado al pensar que si era una manada de lobos, el ataque sería inminente. El niño vio cómo su abuelo sacó el fusil lentamente y lo cargó, casi con gestos imperceptibles y continuos. Uno de los lobos dirigió la cabeza hacia ellos, entonces Taita tuvo que sujetar fuerte a Saeta para que no se espantara. El muchacho aprovechó que estaba detrás para comenzar a deslizarse lateralmente y salir del campo visual del lobo, y al mismo tiempo sugerirle al abuelo, con ese gesto, que lo siguiera. En realidad, el niño asoció en su mente aquellos animales con el único lobo que había conocido en su vida: Lobi, y por eso inconscientemente quiso evitar el innecesario disparo si se provocaba a los lobos. Taita pensó de manera diferente. Desde su perspectiva, lo importante era proteger El prado de Hilario, el equilibrio ecológico, quiero decir.

Sin embargo, Taita entendió la intención de Vejigo. Esos dos seres habían llegado a tal grado de compenetración que casi no tenían que hablarse. El viejo sabio dio un jalonazo a la rienda de Saeta y siguió al muchacho, que había tomado la iniciativa. Vejigo, que por esta vez se adelantaba con Pinta, ya había salido del río por la izquierda.

Los dos caballos y sus jinetes fueron metiéndose en una enramada tupida, mientras se le escondían a ese par de lobos dichosos. Taita seguía con la escopeta afuera y apoyada al hombro. El caballo iba a un trote suave. Trotaron unos minutos para evadir a los lobos hasta que salieron de la maleza. Al salir, espantaron algunas liebres que correteaban entre las piñas de ratón.

Llegaba el mediodía y el calor comenzaba a molestar a Vejigo. El sudor del caballo ya mojaba los contornos del basto, pero el niño, a pesar de todo, iba deseoso de encontrarse con su Lobi y sus hijitos porque ahora nadie impediría que se llevara uno para la casa.

"Pero por qué esos lobos del camino no podían ser los que yo buscaba... Bueno, no tenían ningún hijito. Además, estaban por todo aquel imperio de bosque, cerca de un río donde se podrían ahogar y no creo que Hilario permita esto... Creo que lo mejor es disfrutar de estas vacaciones por el momento. Este curso fue bastante difícil y tuve que aprender muchas cosas. Son interesantes, pero vaya, también hay que descansar. Ese Pablito es un bobo, decir que yo no puedo cazar con mi abuelo porque soy pequeño, a él no lo llevarán pero a mí sí. Cuando sea más grande voy a..."

—¿Qué es ese ruido, Taita? ¿Fuiste tú?

—Camina y déjate de ver fantasmas.

—Taita, tú estás loco. Yo oí un ruido de animal pequeño.

—Yo sé qué animalito tú estás loco por encontrar. Mira, apúrate que ya estamos llegando a casa de Hilario y me muero por tomar un vaso de agua.

Vejigo le hizo caso a Taita sólo a medias. En verdad estaba obsesionado con los perritos. Pero ahora que lo podía precisar bien, lo que oyó, lo que recuperaba su memoria era el llanto de un perrito. Iba siguiendo a Taita con el caballo, pero buscando por todas partes con la vista. De pronto vio que Taita se detuvo y apuntó su fusil hacia delante. Vejigo vio que el mismo lobo que descansaba en el cedro estaba en guardia en frente del caballo. El ala del sombrero de Taita se inclinaba lentamente sobre el fusil. De un momento a otro se oiría el disparo, y el viejo cazador no falla nunca.

Vejigo no quiso ver el disparo, algo en la tibia mirada del animal le decía que…

—¡Espera, Taita!

El eco del fogonazo resonó en todo el bosque.

Taita levantó rápido el fusil y se quedó como pensando, algo inusual en él cuando dispara. Siempre ve el efecto de su puntería y se queda como diciendo: "Aún soy un bravo con la escopeta", como le llama él. Pero esta vez había actuado de manera diferente.

—¡Lo mataste, Taita, lo mataste! —sonó la voz desgarrada del pequeño.

Vejigo había reconocido a su amigo. El lobo, su Lobi, era el que estaba en medio del camino. Su forma de pararse era inconfundible. No había cambiado un ápice desde que lo dejó en casa de Hilario. ¿Pero por qué no se había dado cuenta antes? El ajetreo de las clases lo tenía todavía en otro mundo. Ahora de nuevo en el campo había comenzado sus asociaciones y lo había recordado todo perfectamente. Taita le disparó impunemente y él hacía rato que se estaba oliendo algo raro. Él sentía una presencia amiga, un reclamo de aquellas patas delanteras dispuestas a jugar reculando hacia la izquierda con un golpe de cabeza, y la mirada perfectamente noble e inteligente de su estirpe de lobo que se clavaba con dulzura en el pelo del niño. Así miraba Lobi.

"Seguro que Lobi estaba en el cedro con la perra, y los perritos estaban jugando en sus cercanías. Cuando nos desviamos, ellos nos cayeron atrás y buscándonos se paró en el camino para que lo conociéramos. Pero el hombre siempre con su prepotencia, con su afán de victoria hace estas barbaridades. Porque no es Taita, no. Es Taita, y qué dirán los amigos, y el padre de Taita, y el abuelo, Hilario y todos, y yo soy un cazador, y un lobo no me puede derrotar y todas esas cosas están en la mente cuando se le dispara a un animal, y todas esas cosas están destruyendo la vida en todas partes..."

Mientras Vejigo se deshacía en todos estos pensamientos llenos de desaliento, tristeza y disgusto, Taita se mantenía perplejo. No entendía nada. Ya había caído en cuenta de que el lobo que estaba en el camino era efectivamente Lobi. Pero el camino estaba limpio, y él no había disparado un tiro.

—¿Qué pasa, viejo del bosque, ya no conoces tu escopeta o qué?

Vejigo volvió la cabeza para ver de dónde provenía esa voz de chelo rajado y vio a un hombre a caballo, con camisa azul de mangas largas y unas polainas brillantes. Detrás de él venía una muchachita en un hermoso caballo negro. Entonces Taita respondió al saludo: —Ya decía yo: "¿Quién habrá disparado en este prado?"

—¡Quién si no yo! —dijo Hilario, mostrando su escopeta, un regalo que le había hecho Taita años atrás. Era inconfundible la madera blanca de la culata y el enchapado niquelado.

—¿Ya vieron cómo tengo a sus crías?

—¿Entonces son ésos? —Taita quería cerciorarse.

—Sí. Los tengo en esta zona del prado que no hay peligro. Los vigilo con los anteojos a distancia. Están de lo más mansitos, por eso los tengo con las liebres y otros animales herbívoros. Así los pequeños cogen fuerza en las patas y destreza en el campo. A los grandes los alimentamos en la casa para que no se nos pongan ariscos. Mireylita se encarga de eso —dijo, señalando a la muchacha.

—¿Y adónde fueron ahora? —volvió a preguntar Taita.

—Se asustaron. Están para sus casetas, en el patio de la hacienda.

Vejigo al fin se relajó. Ya lo había entendido todo. El tiro había salido de Hilario que vio a Taita apuntándoles a los lobos. Y Lobi, con la perra y los cachorros los estaban siguiendo.

Cuando llegaron a la casa de Lobi, éste salió de su guarida y empezó a saltar loco de contento sonsacando a Vejigo. Los perritos, dando tumbos, cayéndose y dando carreritas para empatarse otra vez con el grupo, le caían atrás al papá. La perra venía de última, un poco cansada por amamantar a los cachorritos.

Entonces llegó el momento de la verdad. Taita se viró hacia Vejigo y le dijo: —Bueno, escoge el que más te guste, y es tuyo.

Vejigo no quería que ese momento llegara. No podía decidir cuál tomar, no quería dejar a Lobi tampoco. ¿Qué hacer…?

Hilario, el dueño de ese encantador prado, interrumpió las meditaciones del niño.

—Yo creo, amigo Taita, respetando tu opinión, que lo

mejor es que se lleven a la perra con los perritos y a Lobi también. Lobi es un lobo, pero si anda con la perra y los cachorritos no habrá problemas. Sólo tienen que alimentarlo bien y no mostrar violencia en su entorno para no estimular sus reflejos de agresión. Por ejemplo, no le den la comida junto con los otros animales. Por otra parte, creo que separarlos ahora sería peor para todos. Si lo desean, cuando los cachorros machos crezcan, me los traen para acá. Necesito entrenar algunos perros para que me ayuden con El prado y los míos se están cansando un poco.

—¡Eso está bien! —dijo Mireya, mientras su hermoso caballo tiraba de la rienda con violencia—. Si ustedes quieren, yo los puedo ayudar a adaptarlos los primeros días. Ellos me conocen y se llevan muy bien conmigo.

El viejo Taita se quedó pensando e intentó hacerle una broma a Vejigo. Pero comprendió que la sensibilidad del niño no estaba para bromas y cortó la idea al instante. En su lugar dijo: —Sí, pensándolo bien, nos los llevamos a todos. ¿Verdad, Vejigo?

Vejigo le hizo una seña con el ojo al viejo sabio y le mostró el puño cerrado con el pulgar hacia arriba en señal de triunfo. Partieron con Lobi, la perra y los cachorros. La hija de Hilario los iba acompañando y ayudando con los pequeños.

Allá se veían, por el declive en que termina el valle, los caballeros andantes, más bien soñadores, unidos por el lazo de la felicidad y el amor.

Tras los enemigos de la noche

Era una luciérnaga, pero roja, que zigzagueaba por el camino. Sin embargo, de ese mismo punto provenía un ruido de güiro. Todavía me quedaba la inquietud interna de un día lleno de carreras y emociones detrás de esas bestias cariñosas. Por la ventana del bohío entraba un viento suave y constante como el de las noches en que vuelo con mi alfombra. La luciérnaga parecía vibrar en el mismo lugar, no se le notaba ese volar nervioso que las caracteriza. El ruido se confundía ahora con jadeo de bestia y cháchara de pilón.

Ésta es la hora más pesada del campo. Una vez instaurado el orden de la noche, con toda la algarabía y retozo que provocó la última tarde, el silencio reina. Ya cada pájaro encontró la rama precisa, las gallinas probaron los gajos que las soportarán hasta mañana. Las vacas, confiadas de no tener los enemigos de sus ancestros africanos, se postran como verdaderas fortificaciones, haciendo impresionante el relieve del suelo.

Ahora el canto del río sí es arrullo. El bosque lo deja pasar por entre sus ramas, los animales se aquietan para acompañar sus sueños con el apacible receso bajo el follaje, a la hora del agua fresca. Esta hora no tiene la vitalidad de la mañana, donde hasta las hierbas cantan su mejor aroma, ni la de la tarde donde todas las aves llegan a sus casas llenas de compras, de cuentos para sus crías. Llegan a quitarse el plumaje y descansar en ropa de casa en las más altas ramas del laurel, el ateje o en los curujeyes de la ceiba. Pero hay un mundo que despierta en este descanso de la vida. Todo el universo depredador de las horas invisibles se desliza sigiloso, tratando de alcanzar las ramas, husmeando en el hoyo de las liebres, o abriendo zanjas hasta dar debajo de la codorniz, en el mismísimo nido.

Las serpientes que reptan como un chorro de miel, el búho que acecha con una mirada que corta la oscuridad en un acre chillido, o el gato salvaje que aprendió a oscilar con el monzón, son los signos del peligro, la fuerza equilibradora de las poblaciones diurnas. Es la espalda de la vida que espera a que se acueste para devolverla al humus. Por eso es tan importante entender sus señas, percatar sus ojos rojos brillantes antes de que sea tarde.

Por debajo del algarrobo, donde comienza el camino y termina el patio de la casa, se ve el punto rojo. Taita viene con su tabaco sostenido a un lado de la boca y lo sigue Jíbaro, nuestro excelente perro cazador. El can trae la lengua fuera y viene dando saltitos por entre la hojarasca. De cuando en cuando se queda rezagado olfateando algo. Taita trae un manojo de presas, parecen ser jutías, sí, efectivamente, ya las puedo distinguir. Se ven estupendas jutías congas. Taita viene ufano y despacio, con su usual paso seguro y la alegría de verme contento por su éxito.

—¡Taita, te fuiste solo hoy! Te me escapaste.

Yo sabía bien que eso no le gustaría. En realidad se había ido porque yo estaba contando vacas en la sierra, pero no respondió nada. El viejo sabio estaba esperando que yo reparara la frase y mirándole al rostro me di cuenta de ello. No hice esperar mi disculpa en forma de halago.

—Taita, cogiste tremendas jutías. ¿Estaban muy altas?

—Bueno, en *realidaj* no hay jutía que se me *ejcape*, pero *éstaj* no estaban *altaj*. *¿No'e* verdad, Jíbaro? —Jíbaro miró fijamente e inclinó la cabeza como afinando el oído para entender su nombre.

Taita tiró las jutías en el suelo de la sala. Trajo su cuchillo más afilado y comenzó a descuerar a las roedoras. Afuera, de cuando en cuando, una gallina se movía en un gajo. Cuando terminó la faena se dedicó a adobarlas y las dejó metidas en hierbas hasta el otro día. Sus manos eran hábiles en eso de adobos. Hacía los panes más ricos del mundo, enterrando la harina en el suelo y cubriéndola de brazas de un día para otro. Los ceviches de pescado y camarones que preparaba cuando veníamos de pescar eran una delicia. Cogía las masas limpias de los pescados y camarones acabaditos de sacar del río y los embebía en limón, ají picante y hierbas aromáticas. El secreto, decía Taita, era no sobrecocinar la masa en el ácido por más de cinco minutos. Aquellos ceviches de Taita levantaban a un muerto. Las jutías las asaba al pincho y luego las flameaba con palos de guayaba. A mí, que no me gustaba mucho la jutía, ahora me chupo los dedos con las que Taita prepara. Además, éstas se alimentaban de palmiche y vivían en una zona seca, por lo que Taita decía que eran muy limpias y saludables. A lo mejor era para que yo me las comiera.

Taita se quitó las botas mojadas y apestosas en un rincón, y yo me fui a tirar en la cama. Poco a poco nos fuimos desapareciendo todos en un profundo sueño. El campo es infinito por las noches. Las estrellas se acercan desde el cielo, se ponen inmensas. Tal parece como si en la ciudad les tuvieran miedo a los hombres. El campo de madrugada es infinitamente frío y nadie sabe qué pasa en sus dominios. Son praderas inmensas, cubiertas de neblina que sólo los animales de mejores abrigos pueden soportar. Los gatos cimarrones, los perros jíbaros, los jabalíes, los chivos y los carneros son algunos de los animales dotados de mejor abrigo.

En lo más profundo de la noche sentí a Jíbaro ladrar desesperadamente. Me despertó su inquietud y me parecía recordar, como en sueños, un ruido mezcla de grito de mujer y traste metálico. Lo descarté al ver que Taita no se había levantado. Pero me extrañó que tampoco se enterara de los ladridos de Jíbaro, un hombre de tantos reflejos… pero al fin y al cabo somos humanos. Taita estaba demasiado cansado por los ajetreos del día. Primero atendió al potrico de la patita mala. Luego cambió a todos los bueyes de lugar. Después castró una colmena de abejas, eso siempre lo cansa por el excesivo calor, y por último, la gran caza de jutías. Estaba justificado su sueño, así que yo debía vigilar.

La noche transcurrió sin mayores acontecimientos: un ratón corriendo por el alquitrabe de la casa, algún búho chillón y un puerco azorando a Jíbaro que le olía el trasero; eso es todo, supongo. Aun antes de amanecer sentí a Taita levantarse. Estuvo registrando en la cocina y salió al rancho. Estuvo dentro del rancho del patio casi una hora. No entendí qué razón podría estar demorando la comida de los animales que ya se amontonaban extrañando al dueño. Fui a la cocina y vi que la tártara donde antes estaban las jutías, ahora estaba completamente vacía. Había manchas de sangre en el piso y la ventana de la cocina estaba abierta con manchas de sangre y signos de forcejeo. Me dirigí al rancho y ya Taita salía con dos escopetas de doble cañón, brillantes, recién aceitadas, y me dijo: —¿*Vijte*, Vejigo? Prepárate que creo que *tenemoj* fiesta esta noche.

No supe qué decir. Taita me dio la espalda y fue a buscar el saco de maíz para los animales que ya no lo dejaban caminar metiéndosele entre las patas. Cuando pasaba a la altura de su cuarto, a unos metros de su figura pude ver la ventana abierta. Pude ver el signo que delataba el reflejo del viejo aún intacto. Taita se había levantado de madrugada y había visto huir a los perros salvajes. Seguramente no intentó nada más porque era inútil; porque tenía las armas en el rancho para limpiarlas, llevaban algunos días en aceite y estaban hasta parcialmente desarmadas. Por eso no perdió tiempo el viejo sabio en hacer ruido absurdo en la noche. Si algo no le gusta a un hombre dueño de sus energías y sus nervios es perder tiempo en vano. Sólo había entreabierto la ventana y perseguido la ruta de los perros salvajes que creían perderse en la profunda noche, pero que en realidad habían firmado su sentencia de muerte al robarle al viejo cazador. Por el correr de los perros, por el número, por haber venido hacia aquí llevados por el olor del aire en esa noche de monzón, Taita sabía perfectamente adónde se habían dirigido. No dijo nada de noche para no asustarme o interrumpir mi sueño porque el viejo me quería inmensamente.

Caía la tarde pesada y ya llegábamos al pie del monte donde se escondían los crueles e implacables caninos. Hacía casi dos años que no molestaban al viejo, después que habían herido gravemente a la mejor carnera de Taita y éste les había dado un fuerte escarmiento en su propio territorio. Esta vez, no se les escaparían porque con el viejo Taita no se juega...

(Final del cuento, versión de José Miguel Vilahomat. 9 años, junio 1997.)

Íbamos caminando y a cada paso crujían las hojas secas.

Taita me dijo: —Mira, Vejigo, aquí empieza la parte más intrincada del monte, así que debemos tener mucho cuidado. Te diré lo que vamos a hacer. Ve buscando hojas secas que yo empezaré a cavar hoyos en la tierra para hacer las trampas.

Me fui y estuve por un tiempo haciendo lo que Taita me había encargado. Cuando tenía dos sacos llenos de hojas secas sentí un ruido aterrador entre las ramas. Regresé corriendo con lo que me había pedido y le dije: —¡Taita, Taita, acabo de ver una pareja de perros cimarrones!

El viejo me dijo: —Vaya, vaya, ya se están acercando. Mejor nos escondemos en una cueva para que se confíen y vengan todos. La manada que se llevó las jutías de la casa es grande.

Pero en eso vino Jíbaro ladrando y se acercó a nosotros muy asustado. A pesar del aviso de Jíbaro no nos dio tiempo a escondernos. Las cabezas de los perros se veían entre los matorrales y de sus mandíbulas brotaba una baba espesa. Parecía que tenían rabia. De pronto, uno saltó sobre Taita y yo grité. Taita le disparó al pecho con la escopeta y el animal cayó desplomado sobre las hojas secas.

Los otros iban acercándose lentamente y de repente comenzaron a caer en las trampas de Taita. Poco a poco Taita fue eliminándolos uno a uno con la escopeta y cuando nos íbamos, seguros de haber terminado con el peligro, oímos aullidos de cachorritos. Me acerqué y vi unos perritos que habían caído en la primera trampa que Taita terminó. Taita me gritó: —¡Vejigo, no los toques!

—¡Pero, Taita, están chiquitos, por lo menos déjame llevármelos por unos días!

—Está bien, Vejigo, pero hay que cuidarse de que no tengan rabia. Luego tienes que alimentarlos bien y cuando crezcan debes regresarlos a la madre naturaleza para que sigan su destino.

Volvimos a la casa y yo quedé muy feliz con mis nuevos amigos. Al día siguiente, Taita volvió a cazar jutías.

Todos quedamos muy contentos porque esta vez sí pudimos comérnoslas al pincho y mis cachorros se comieron los huesitos.

El preciado talismán

José Miguel Vilahomat

(9 años, 7/7/1997)

Una mañana,Vejigo estaba tallando un trozo de madera en el portal de su casa. De pronto se le fue de la mente lo que quería hacer. Entonces corrió a ver a Taita que estaba dándole de comer a las gallinas. Vejigo interrumpiéndolo le preguntó: —¿Taita, tú has visto esas figuras de madera que hay por ahí?

—¡Ay, hijo mío, cuántas no he visto yo! Te contaré la historia más bonita que conozco sobre ellas.

*

Cierta vez hubo un cacique que tenía una figura de madera que lo protegía del mal. Ésta simbolizaba la cara de un dios indio. A este cacique lo respetaban mucho en la tribu por su poder y sabiduría, pero había algunos enemigos que deseaban poseer la figura.

(¡Esto ocurrió de verdad, Vejigo! Fíjate bien.)

Una vez llegaron unos hombres blancos, les decían "los españoles". Según éstos se iban acercando a la tribu, al talismán le salían colores. El cacique, al verlo, supo que venían invasores a atacarlos y rápidamente ordenó que estuvieran todos listos para la gran batalla. Poco a poco fueron escondiéndose detrás de los árboles. Sólo el cacique se subió al más alto de los árboles con el talismán en la mano, el cual empezó a reflejar la figura de los hombres, multiplicándolos cada vez. Cuando los españoles vieron tantos indios, dijeron para dentro de ellos: "¡Huyan que vienen a atacarnos hombres del demonio!"

Entonces se montaron en sus barcos veleros que eran grandes, y se fueron. Los indios empezaron a cantar y saltar de alegría.

*

—Hoy, Vejigo, ese talismán se encuentra en el museo del pueblo y cuando quieras puedes ir a verlo.

—¡Taita, ya sé! Jugaré a que yo soy un cacique y en este pedazo de madera tallaré la figura del talismán y cuando quiera podré ir al museo a ver el de tu historia.

El gato y el perro

José Miguel Vilahomat

(8 años)

Taita reposaba con su cabeza recostada a la guásima. La punta del sombrero le caía en la mismita base de la nariz. Entonces Vejigo le volvió a insistir: —¿Taita, quieres que te haga un cuento? —hasta que Taita, por fin entre sueños, le asintió con la cabeza. Entonces Vejigo comenzó su anécdota.

*

El perro no me dejaba tranquilo y le di un arañazo en el ojo, pero cuando fui a tirármele, de repente me dio un mordisco en la pata izquierda, a mí se me erizó el lomo y empecé a sacar chispas con mis garras, entonces lo ataqué en un instante y él se viró contra mí, hecho una fiera. Peleamos tanto que nos enredamos y fuimos a dar contra una cerca.

Los dos estábamos cansados después de tanto pelear, hasta que al final de la pelea le guiñé un ojo y me dijo con su voz de perro: —¿Qué, ya no quieres pelear?

—No. Es inútil. ¿No quieres ser mi amigo? —le pregunté.

—Bueno, pensándolo bien, durante la batalla hubo un instante en el que pensé ser tu amigo.

—¡Entonces, chócala conmigo!

El gato y el perro pegaron las palmas de sus patas delanteras y luego se dieron un pequeño roce de lado. Desde aquel día fueron muy buenos amigos.

*

—¿Te gustó, Taita? —le preguntó Vejigo, mientras abría un hueco en la tierra seca con un palito de guásima.

Vejigo se quedó pensando en el próximo cuento, al escuchar de Taita la respuesta más rara que había escuchado en su vida: un profundo ronquido que arrastraba hacia sí todos los murmullos del mediodía.

Alí Hamram y la princesa

—Querido Vejigo, te voy a complacer con otro cuento de Alí Hamram. Yo sé que te gusta volar y siempre estás soñando con eso. Pero me tienes que prometer que después de este cuento nos vamos a dormir. Recuerda que mañana tenemos que ayudar a Cariblanca que va a parir un bello ternerito.

—¡Qué rico! ¡Qué rico! Está bien, Taita. Te lo prometo.

—El cuento se llama… —Taita comenzó a narrar con su voz profunda—: "Alí Hamram y la princesa Mahana".

***

Alí, como de costumbre, fue a buscar a su amigo Haron. Ya se habían compenetrado con la alfombra y se habían adiestrado en esto de las aventuras. Cada temporada se iban un poco más lejos y se atrevían a cosas más osadas. También habían ganado la confianza de la madre de Haron porque eran muchachos muy precavidos y ni qué decir de las buenas notas que siempre traían de la escuela.

Dirigieron la alfombra hacia el Este-noreste y tomaron altura. Rápidamente sobrepasaron el pueblo y cruzaron la cordillera de los once picos. Estaban sobrevolando por una zona de vegetación tupida. Parecía, por la franja de follaje, que un río pasaba por dentro de aquel prodigio de la vegetación. Era como una serpiente verde felposa que se contorsionaba a lo largo de toda la llanura perfectamente delimitada. Siguieron con la vista la línea de vegetación y vieron a lo lejos el agua del río en un entorno de lajas y piedras, al menos eso parecía por el color sepia o amarilloso que entregaba.

Se dirigieron al lugar. Al acercarse a un kilómetro de distancia, aproximadamente, observaron como si el río y sus alrededores estuvieran colmados de personas o algo semejante. Entonces bajaron la altura de la alfombra y fueron volando despacio, protegidos por los árboles de la vista de posibles intrusos. A unos cien metros del río, la alfombra fue bajando detrás de unos árboles, sin llamar la atención de nadie.

Alí y Haron estaban impresionados con aquellas nuevas tierras. El río era grande, pero nada profundo. Cerca de unas doscientas personas estaban metidas en el río, con los pies descalzos y las ropas remangadas; todos vestidos. La apariencia de aquellos seres era de gente humilde y casi todos delgados. Su piel era trigueña, bastante quemada por el sol.

Todos, excepto los niños, estaban mirando hacia el cielo y entonando algún canto en coro. Alí y Haron se acercaron a unos pequeños y éstos, soltando sus juguetes, huyeron corriendo. Una madre, que vio lo que pasaba, los acurrucó y miró extrañada a los dos recién llegados. La mujer fue a buscar ayuda entre los hombres.

Entonces vino un hombre alto con una camisa sin mangas un poco rara y un turbante en la cabeza. El hombre usaba bigotes y barbilla e inclinando su cuerpo se dirigió a los viajeros y les dijo: “¡*Ahj amaha navihadan salumhan*!”

Haron y Alí se miraron, sorprendidos. Se habían

quedado en China con la frase. Entonces el hombre les brindó unas frutas y los llevó a donde estaban los otros. Alí tenía envuelta la alfombra debajo del brazo; nadie sabía cómo habían llegado hasta allí, por lo que no había peligro de sospecha con la alfombra. Todos los hombres se arrodillaron y bajaron la cabeza, pegando las palmas de las manos al piso frente a los chicos aventureros.

Luego llamaron a todos los niños, los cuales vinieron enseguida y empezaron a traerles juguetes a Alí y a Haron. Los juguetes eran raros; palos amarrados con fibras de vegetales, adoquines de barro con huecos y puertecitas y ventanas como si fueran casas, pedazos de piel amarrados con cordeles para tirar piedras, bolas grandes de maderas. Había unos hechos de bellos bejucos tejidos, otros de cáscaras duras que se unían como rompecabezas formando un todo de muchos pedacillos. Algunos eran sogas con bolitas que corrían libres y golpeaban un centenar de cuentas que producían músicas multitudinarias. Los había como cascos de frutas que se metían unos dentro de otros semejantes a cajas chinas y que podían cerrarse, girando unos sobre otros como si fueran el ojo de una iguana. Uno especialmente bello tenía una especie de agarradera de fino palo grabado con fuego. En la parte superior del palillo se apoyaba un pequeño tamborcito de unas dos pulgadas, del cual salían dos bolitas simétricas atadas con hilos tejidos y cuya función era golpear el tamborcillo al girar el palillo entre las manos.

Los visitantes se sentían atraídos y curiosos con esos juguetes raros. Todos los hombres salieron del río al ruido de unos cuernos que sonaban al viento. Hicieron una rueda inmensa y le explicaron con gestos, a los

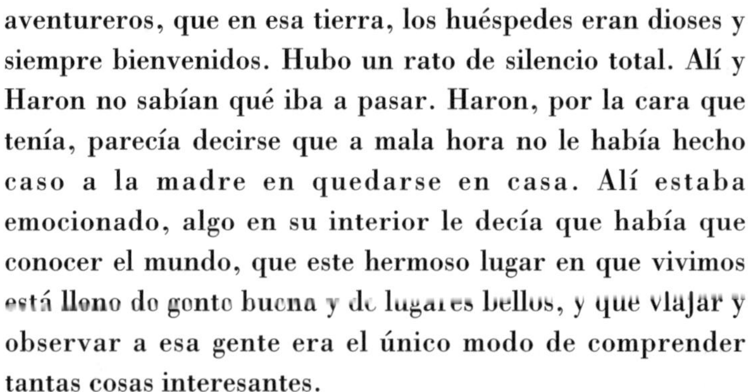

aventureros, que en esa tierra, los huéspedes eran dioses y siempre bienvenidos. Hubo un rato de silencio total. Alí y Haron no sabían qué iba a pasar. Haron, por la cara que tenía, parecía decirse que a mala hora no le había hecho caso a la madre en quedarse en casa. Alí estaba emocionado, algo en su interior le decía que había que conocer el mundo, que este hermoso lugar en que vivimos está lleno de gente buena y de lugares bellos, y que viajar y observar a esa gente era el único modo de comprender tantas cosas interesantes.

Entonces llegaron unas niñas muy lindas de ocho, nueve y diez años aproximadamente, y comenzaron a bailar en medio de la rueda. Todas eran trigueñas, con las pestañas largas y los ojos negritos. Sus pelos también eran negros, gruesos y muy largos. Vestían unas sedas finas que parecían bellos peces de colores ondulando en lo profundo del océano. Eran alrededor de diez y todas bailaban al compás de una rítmica danza tocada con tambores e instrumentos de viento. Movían los brazos y el cuerpo a un lado y al otro con plumas en las manos.

Haron pellizcaba a Alí y le susurraba: "¡Vamos *pa'* las montañas! ¡Esto es aburrido!"

Pero Alí estaba anonadado con aquellas bellezas. Sobre todo con una que lo miraba y le sonreía.

"Además, no es de buena educación marcharse cuando le hacen honores a uno" pensó Alí.

Cuando terminó la danza, todas las muchachas fueron a pararse delante de ellos. Los hombres, dirigiéndose a los visitantes, les hicieron gestos indicándoles que debían escoger a una muchacha y bailar.

Haron, que era muy osado en eso de muchachas, cuando vio que la cosa era bailar, se adelantó a bailar con la más bella de todas. Se movía como si le estuviera entrando un ataque. Ése fue el único momento en que en realidad estaba disfrutando aquel viaje a ese pueblo extraño. Alí no perdió tiempo tampoco. Escogió a la tercera de la fila que desde el principio lo había estado mirando con insistencia y sonriéndole. No era la más bella de todas, pero tenía unos brazos que dibujaban el aire con una gracia asombrosa; brazos de arcos y ondas que palpaban la música del viento.

El pequeño aventurero bailó con ella. Después de terminar la danza alrededor de unas piedras, ella le regaló una pluma con su cálamo envuelto en cuero, y todas desaparecieron detrás de unos árboles que parecían marionetas desgarbadas. Alí notó que en el cuero había una inscripción en un idioma desconocido para él.

A Haron se le había quitado el aburrimiento con el baile, pero seguía contemplando a su muchacha a lo lejos. Cuando vio que aquello había sido sólo un breve tiempo y que ahora continuaba todo un ritual de cortesía y hospitalidad, le entraron ganas de irse otra vez. Cuando llegaron unos hombres acróbatas, ya no lograba concentrarse ni disfrutar lo que sucedía a su alrededor.

"¡Quiero irmeee!" chilló desesperado a su amigo.

Algunos de los anfitriones viraron sus cabezas como sorprendidos por el ruido inoportuno. Alí lo comprendió. No quería abusar de la paciencia y flexibilidad de su amigo. Se dirigieron suavemente a los que aún quedaban congregados y les explicaron que se tenían que ir. Lo hicieron señalando el cielo y la hora. La gente pareció entenderlos con resignación, como si supieran que ese momento de la despedida, aunque no lo deseaban, llegaría. Pero antes de dejarlos partir, los invitaron a comer frutas y golosinas.

Luego, desde el Norte y pegado a la orilla, se apareció un hombre con un bote. Parece que al ver a los dos niños sin caballos, sin cosas propias para largas travesías, pensó que necesitaban un bote. Otro hombre les trajo dos alfombras nuevas y más grandes y les pidió la de ellos para que no llevaran peso por gusto. Pero Alí, tan vivo como siempre, le enseñó la pluma y le hizo seña de que esa otra alfombrita era para proteger el presente.

Se montaron en el bote que el viejito les entregó y se alejaron, saludando y dando gracias a todos. Alí tenía un ligero sentimiento extraño; algo así como el de una pérdida, como si nunca más fuera a ver a esa gente bondadosa y rica en cultura que él y Haron habían encontrado por azar. Sentía como si desde ya, frente a esa gente hecha de miel, de sedas, de sonrisas, estuviera viviendo un recuerdo. Era como si solamente estuviera viviendo un cuento de fantasía, de esos que le contaba su abuelo, sentados a la sombra del toronjo al borde de la cerca.

Los hombres volvieron al río. Y al irse corriente abajo, Alí Hamram vio a la bella bailarina diciéndole adiós detrás de un árbol, escondida de todos. "La bailarina de brazos de papel crepé" la bautizó Alí. Al decirle adiós vio en ella unos profundos ojos alegres y curiosos que querían devorarse al mundo con él. Alí sintió que, pese a la distancia que los separaba, eran almas gemelas. No sabía explicárselo bien, pero sentía algo inmediato y familiar en esa despedida.

En el primer recodo del río, Alí desplegó la alfombra voladora. Sabía que se alejaría para siempre del lugar, pero también que por mucho tiempo no olvidaría aquella sonrisa y aquellos ojos. Haron, al parecer estaba aburridísimo.

Los dos aventureros se montaron en la alfombra y se elevaron poco a poco. Entonces se les ocurrió halar un poco el bote lejos de aquellos hombres para que no los creyeran desaparecidos si encontraban el bote vacío. Se valieron de una soga y de la alfombra. Mientras Haron halaba la soga, Alí conducía la alfombra, vadeando las orillas del río y tramos menos profundos.

Después de dejar el bote en un lugar lejano e impulsado por la corriente del río, se fueron volando por encima de las aguas juguetonas para alejarse de aquellos raros, pero buenos humanos.

Alí guardó bien la pluma con la inscripción. Sabía que no iba a estar tranquilo hasta que no supiera lo que decía. Disfrutaban el maravilloso paisaje de volar por encima de un río sin temor de mojarse ni de caerse. Era ancho y caudaloso. Iban por el limpio de follaje que crea el río. A ambos lados había árboles más altos que ellos. Los bejucos y las enredaderas eran maravillosos con esos serpenteos antojadizos alrededor de los troncos leñosos. Estaban sabrosos para dejarse deslizar por ellos hasta el río. Alí trataba de colar la vista por entre las ramas en busca de algún animalejo. Vieron ardillas, comadrejas, cotorras y papagayos.

El río cada vez se hacía más rápido.

—Porque los ríos se hacen a cada segundo, con cada agua —le explicaba Taita a Vejigo, que escuchaba con avidez.

Sus palitos y basuritas se apresuraban al centro de la corriente. Entonces llegaron a un salto. El río caía a la altura de un inmenso edificio, se veían desplomarse los chorros pesados de agua. Haron estaba impresionado ante el cambio brusco de la altura y el estruendoso ruido de las aguas. Pasaron el inmenso salto y detrás se veían las paredes de agua que todavía regalaban un fresco olor a humedad.

El río continuaba aumentando su velocidad y otros saltos menores se apresuraban al encuentro de los dos aventureros. Elevaron la alfombra. El río fue convirtiéndose en un arroyo y luego en un hilito. Miraron el Sol y aún era temprano, pero decidieron regresar a la casa. Se siguieron elevando y tomaron la dirección oeste-suroeste. Luego de varias horas observaron las cordilleras de los once picos. Dirigieron la alfombra a las montañas que les servían de referencia. Las cruzaron y se acercaron a su vecindario, contentos de regresar.

Haron aún se comía unas fresas que le quedaban y Alí chupaba unas naranjas cuando llegaron a casa de Haron. Alí lo dejó en su casa y le prometió irlo a buscar la próxima vez que fuera de travesía. Alí saludó a la madre de Haron y se fue a su casa.

Cuando Alí llegó a su casa, sus padres conversaban en la cocina. Alí entró calladito y fue directo a su cuarto. Al poco rato se apareció con dos libracos enormes en la mano. Eran dos tomos de un diccionario enciclopédico que contenían las palabras de la "A" a la "D" y el otro las de la "E" a la "H". En ese rango estaban contenidas todas las palabras inscritas en el cuero que envolvía la pluma que Alí había guardado con celoso afán.

El padre de Alí venía en dirección a la sala y al ver

al hijo se sorprendió y le dijo: —¡Eh! ¡Ya llegaste y no saludas! ¿Y esto qué es? —preguntó el padre al ver la pluma envuelta en el trozo de cuero, encima de las páginas abiertas de la enciclopedia.

Alí, sin hablar, extendió la pluma y el cuero medio desenrollado. Él sabía que mostrar aquello era suficiente para llamar la atención a su padre.

El padre tomó la pluma de colores con que bailaban las danzantes muchachas de aquel lugar que Alí había visitado, y desenvolvió el cuero que cubría el cálamo. Lo puso enfrente y se interesó por la inscripción.

La madre se unió desde la cocina con un "¿qué pasó?" que interrumpió inmediatamente cuando observó la investigación que tenía lugar. El padre fue revisando en el libro multilingüe atrás y *alante*, buscando significados y raíces de lenguas aquí y allá. Ya tenía armado casi todo el significado de la frase. Le faltaban las palabras que iban delante de "tierras" e "inscripción". Entonces la madre de Alí, Hirma, señaló una palabra del diccionario y con eso completó las oraciones.

Alí la miró como dando las gracias. Entonces el padre dijo: —Escucha, Alí, aquí dice: "Soy Mahana, la princesa de estas tierras. Pertenezco al valiente aventurero que conserve esta inscripción. ¡Ven por mí!"

Al día siguiente, Alí comenzaba sus clases, vamos a ver cómo se las arregla para atender a sus lecciones y esperar a las próximas vacaciones sin ver a su bella bailarina de brazos de papel crepé.

***

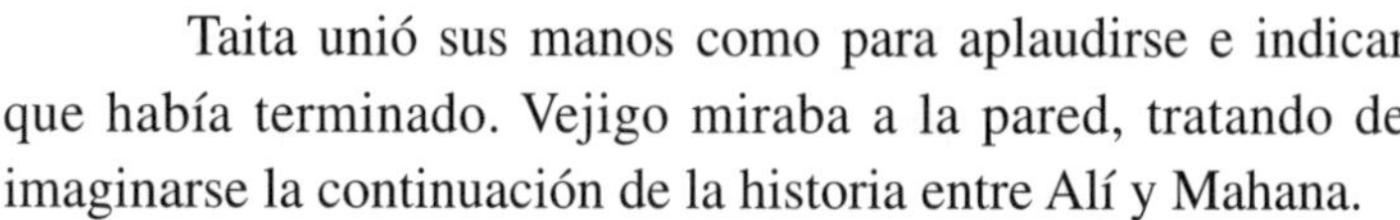

Taita unió sus manos como para aplaudirse e indicar que había terminado. Vejigo miraba a la pared, tratando de imaginarse la continuación de la historia entre Alí y Mahana.

De la presente edición:
"Cuentos de Taita y Vejigo" por José Vilahomat,
producida por la casa editorial Versal
(Andover, Massachusetts, Estados Unidos)
e impresa en talleres poligráficos de Quebec, Canadá.
Año 2005
Cualquier comentario sobre esta obra
o solicitud de permisos, puede escribir a:
Departamento de español
Versal Editorial Group, Inc.
10 High Street
Andover, MA 01810 U.S.A.